37 故事HOME
陪伴孩子成長的溫馨故事
爐火婆婆的
美味食堂

編輯序

當孩子不愛讀書……

慈濟傳播人文志業中心出版部

親師座談會上，一位媽媽感嘆說：「我的孩子其實很聰明，就是不愛讀書，不知道該怎麼辦才好？」另一位媽媽立刻附和，「就是呀！明明玩遊戲時生龍活虎，一叫他讀書就兩眼無神，迷迷糊糊。」

「孩子不愛讀書」，似乎成為許多為人父母者心裡的痛，尤其看到孩子的學業成績落入末段班時，父母更是心急如焚，亟盼速速求得「能讓孩子愛讀書」的錦囊。

當然，讀書不只是為了狹隘的學業成績；而是因為，小朋友若是喜歡閱讀，可以從書本中接觸到更廣闊及多姿多采的世界。

問題是：家長該如何讓小朋友喜歡閱讀呢？

專家告訴我們：孩子最早的學習場所是「家庭」。家庭成員的一言一行，尤其是父母的觀念、態度和作為，就是孩子學習的典範，深深影響孩子的習慣和人格。

因此，當父母抱怨孩子不愛讀書時，是否想過——

「我愛讀書、常讀書嗎？」

「我的家庭有良好的讀書氣氛嗎？」

「我常陪孩子讀書、為孩子講故事嗎？」

雖然讀書是孩子自己的事，但是，要培養孩子的閱讀習慣，並不是將書丟給孩子就行。書沒有界限，大人首先要做好榜樣，陪伴孩子讀書，營造良好的讀書氛圍；而且必須先從他最喜歡的書開始閱讀，才能激發孩子的讀書興趣。

根據研究，最受小朋友喜愛的書，就是「故事書」。而且，孩子需要聽過一千個故事後，才能學會自己看書；換句話說，孩子在上學後才開始閱讀便已嫌遲。

美國前總統柯林頓和夫人希拉蕊，每天在孩子睡覺前，一定會輪流摟著孩子，為孩子讀故事，享受親子一起讀書的樂趣。他們說，他們從小就聽父母說故事、讀故事，那些故事不但有趣，而且很有意義；所以，他們從故事裡得到許多啟發。

希拉蕊更進而發起一項全國的運動，呼籲全美的小兒科醫生，在給兒童的處方

編輯序

中，建議父母「每天為孩子讀故事」。

為了孩子能夠健康、快樂成長，世界上許多國家領袖，也都熱中於「為孩子說故事」。

其實，自有人類語言產生後，就有「故事」流傳，述說著人類的經驗和歷史。

故事反映生活，提供無限的思考空間；對於生活經驗有限的小朋友而言，通過故事可以豐富他們的生活體驗。一則一則故事的累積就是生活智慧的累積，可以幫助孩子對生活經驗進行整理和反省。

透過他人及不同世界的故事，還可以幫助孩子瞭解自己、瞭解世界以及個人與世界之間的關係，更進一步去思索「我是誰」以及生命中各種事物的意義所在。

所以，有故事伴隨長大的孩子，想像力豐富，親子關係良好，比較懂得獨立思考，不易受外在環境的不良影響。

許許多多例證和科學研究，都肯定故事對於孩子的心智成長、語言發展和人際關係，具有既深且廣的正面影響。

為了讓現代的父母，在忙碌之餘，也能夠輕鬆與孩子們分享故事，我們特別編撰了「故事home」一系列有意義的小故事；其中有生活的真實故事，也有寓言故事；有感性，也有知性。預計每兩個月出版一本，希望孩子們能夠藉著聆聽父母的分享或自己閱讀，感受不同的生命經驗。

從現在開始，只要您堅持每天不管多忙，都要撥出十五分鐘，摟著孩子，為孩子讀一個故事，或是和孩子一起閱讀、一起討論，孩子就會不知不覺走入書的世界，探索書中的寶藏。

親愛的家長，孩子的成長不能等待；在孩子的生命成長歷程中，如果有某一階段，父母來不及參與，它將永遠留白，造成人生的些許遺憾——這決不是您所樂見的。

作者序

希臘諸神的美味饗宴

◎涂心怡

小朋友，什麼時候是你最放鬆的時刻呢？是下課鈴聲響起、終於可以跟朋友們到操場好好的玩一場？或者是假日的時候，爸爸媽媽帶著你出門旅遊？還是每天扭開水龍頭，讓溫暖的熱水沖淨你全身髒汙？又或者是鑽入軟綿綿的被窩裡面，準備入睡的時刻？

我想答案應該是——「以上皆是」！不過，上述還漏了一點，那就是肚子很餓的時候，香噴噴的餐點就在眼前，可以大快朵頤的時刻！在饑腸轆轆的時刻，可以用美味的食物填飽肚子，此時此刻可說是全世界最棒的時候了！我相信你們也會同意吧！

這本書的起點就是來自於一家食堂！這間食堂沒有豪華的裝潢，也沒有閃閃發亮的水晶燈，更沒有穿著特製制服的服務生走來走去的為客人服務。食堂裡面只有一個年紀不小的婆婆，她長得很樸實，可是非常會做菜，什麼樣的料理都難不倒她。不僅如此，她還會依據客人的喜好、心情，精心做出不同的料理來為對方加油、打氣、鼓勵，或者是藉由料理來勸對方不可以太過於驕傲、叛逆，是一家充滿著美味食物與溫暖人情味的食堂。

這是一家很神奇的食堂；當然，這個食堂所在的地方也一定要很特別才行！

在這個食堂的所在國度裡，大家的名字都跟希臘神話中的諸神名字一樣，甚至連性格、外表也都跟希臘神話中那些人物差不多。

作者序

我為什麼會用希臘神話做為這本書的背景設定呢？

對於華語圈的孩子們來說，我們從小接觸到的故事，除了中國民間故事與小說——例如二十四孝、〈西遊記〉、〈三國演義〉等，其次就是國外的格林童話、安徒生童話、伊索寓言之類的。可是，對於歐美的孩子來說，除了熟悉格林童話、知道白雪公主與仙度瑞拉（灰姑娘）之外，他們也著迷於希臘神話裡那些天神、英雄以及各種希奇古怪的角色人物；不僅故事內容精彩有趣，同時也充滿著寓意，像是我們人生的縮影，可以從他們身上學習到很多人生的道理！

然而，希臘神話故事涵蓋大量的傳說故事，也有非常多的角色；要在短短的時間與篇幅裡讓你們認識這些很棒的故事，坦白說非常不容易！該如何做呢？於是，就有了這一本結合希臘神話以及美妙食物的書出現啦！

書裡面的每一個人物，都是取材自希臘神話故事裡的角色；而故事裡提及的每一道菜，做法都不困難，小朋友們可以在看完故事之後，在家長的陪同下一起動手做做看。最重要的是，在這本書裡的每一則故事，都有一些小啟發，希望能帶給你們身心許許多多的正面能量！

好看的希臘神話故事，以及最讓人放鬆的美味蔬食，可以激發出什麼樣的火花呢？快點打開這本書，讀讀裡面的內容，相信你不會失望的！

目錄

穀
米

宙斯國王與奧林帕斯食堂

這是某個不為人知的世界，這個世界裡有許多城邦，各個城邦都擁有自己的文明與文化，他們互相交流、學習，商業貿易往來非常的忙碌且頻繁。

在這個世界中，沒有火車、捷運、汽車與機車，也沒有飛機，國與國之間的來往全仰賴步行；如果隔著海洋，就以船隻航行。因為沒有汙染，所以空氣相當清新。

這個世界的正中心有一座小島，名為奧吉吉亞島；島上有一個奧林帕斯王國，全國只有一百多戶人家，由國王宙斯統治。

宙斯國王已經八十歲了，是一位凡事以人民幸福為優先的好國王，因此廣受愛戴。他雖然很有智慧，但心裡仍有一點孩子般的調皮，喜歡喬裝成漁夫四處遊走，與人民互動。

這一天，處理完所有的公事，他又穿上了衣櫃裡的那套漁夫裝。他的兒子、也是這個王國唯一的王子阿波羅看見，問他：「我敬愛的父親，您又要微服出巡了嗎？」

「是啊！你看，我穿成這樣，沒有人可以認出我吧！」宙斯國王戴上漁夫帽、拿起裝飾用的釣竿，神情調皮的問。

阿波羅忍著笑意，回答父親：「是的，絕對沒有人會認出您的。」

其實，每一個人民都認得出他；畢竟，這座島嶼真的很小，人人都彼此認識。不過，奧吉吉亞島的居民都很愛戴國王，沒有人會去戳破他的小小樂趣。

國王開懷的走出城堡，一路走到了港口，時間來到中午時分。咕嚕、咕嚕……他的肚子就像鬧鐘一樣的準時，一到中午一定會發出飢餓的鳴叫。

港口前方有一道斜坡，他順著坡道緩步走到半山腰，島上唯一的一間食堂就位於這裡，這是他最喜歡來的地方！

食堂的外觀是漆成蘋果綠的小木屋，屋頂上有一道保留木頭原色的煙囪，飄出的一陣陣白色煙霧常伴隨著迷人的香味，吸引許多船長

與水手前來此處飽餐一頓。

這幢外觀像極了青蘋果的小木屋，在煙囪繫上一條隨風飄起的布條，上頭寫著「奧林帕斯食堂」。

在希臘神話中，奧林帕斯是最強的十二位天神所居住的地方，這裡的奧林帕斯食堂則只是平凡的木屋；走進店內，空間非常迷你，頂多只能容納十個人而已。

食堂有一半被一個半圓形的開

放式廚房佔據，店門口旁的角落則放著五張顏色、形狀都不一樣的軟墊，以及五張顏色各異的圓形小折疊桌。每一位走入店裡面的人，都要先挑一張軟墊，再取出一張折疊桌，看你喜歡擺在哪裡吃飯，就擺在哪裡；你可以擺在廚房的正前方，也可以窩在角落；甚至，陽光燦爛時，也可以坐在戶外。

國王選了一張紫色的軟墊跟一張白色的圓桌，放在廚房的正前方；站在廚房裡的正是老闆娘荷絲提雅婆婆。

「荷絲提雅」跟希臘神話中掌管爐火的女神同名；女神用爐火溫暖整個家，也為家人們烹煮健康的料理。荷絲提雅婆婆也很擅長料理，王國裡的人都很喜歡她；但她的名字不好記，大家就乾脆叫她「爐火婆婆」。

「喔！國……老人家，您來啦，想吃些什麼呢？」爐火婆婆差點兒就說溜嘴。

國王來過很多次，知道這裡沒有菜單。

如果你想吃壽司，爐火婆婆就會端上壽司；倘若你想吃炒飯，她也會為你做出香噴噴的炒飯；倘若你想不到要吃什麼，也可以有禮貌的對她說：「請隨意幫我做一道可以填飽肚子的料理吧！」她就會做出既美味又能果腹的佳餚。

這就是爐火婆婆獨特的經營方式。宙斯國王曾問她：「妳的店真特別啊！這個想法怎麼來的呢？」

話不多的爐火婆婆呵呵笑的說：「我想讓我的客人們像回到家一樣的輕鬆自在。」

這間食堂每天都有不同的訪客，訴說著各式各樣的人生故事；宙斯國王在這裡除了品嘗美食，更可以聆聽人民的煩惱與心聲，做為施政的參考。

現在，請你也跟著宙斯國王走進奧林帕斯食堂認識這裡的人與故事吧！請戴著你的手套，穿上圍裙，我們一起去找爐火婆婆，或許她還會教你幾道拿手料理呵！

荷絲提雅婆婆的小叮嚀

在奧林帕斯食堂就像在家一樣自在，我就像是母親一樣，或者是像你們家掌廚的人，只要你肚子餓了、嘴饞了，就會做出美味的料理。

小朋友，你煮過飯、做過菜嗎？有些菜餚很簡單，有些菜餚很複雜；相同的是，這些菜餚都有著料理者的用心。下一回用餐前，請先謝謝煮飯給你吃的人呵！

希拉王后的麻油麵線

想了好久，宙斯國王始終無法決定要吃些什麼。他這幾天為了處理政務，接連好幾天都熬夜；不僅身體疲憊，連思緒也變得很不清晰。

阿波羅王子很擔心他，常勸他要早睡；但他一工作起來，就像是工作狂般的忘了時間。

最後，他不得不說：「爐火婆婆，我實在想不出來要吃什麼，就有勞妳發揮創意吧！」

「沒問題，看我的！」爐火婆婆戴上口罩，套上專屬圍裙；那是一件有很多口袋的圍裙，口袋中放著各式各樣的香料與調味品，是每一道料理的美味關鍵。

一陣忙碌後，在等待料理熟成的空檔，她好奇的問宙斯：「聽說這座島嶼是國王命名的，他為什麼會如此命名呢？」

宙斯呵呵的笑著，從來就沒有人問過他這個問題呢！

「我知道呵！讓我告訴妳吧！」

「在希臘神話裡，奧吉吉亞島是女巫卡呂普索居住的地方；由於她支持自己的父親為惡，因此被流放到奧吉吉亞島，沒有其他人可以抵達這座島。每隔一百年，天神會送一個幽默又有趣的英雄到島上；只要卡呂普索愛上他，英雄就會被迫離開。在神話中，這是一個非常孤單又令人絕望的小島。」

「我以前從來都沒聽過這個悲傷的故事。」爐火婆婆說。

「我也沒聽過，是王后告訴我……國王的。」宙斯國王的王后是一位很美麗的女子，名為希拉，名字跟希臘神話中宙斯的太太一樣。他們很年輕就結婚了，兩個人的感情很好，是整座島的模範夫妻。

「王后說，國王的名字與希臘神話中最崇高的天神同名；即使宙斯天神掌管整個天地，而國王只是掌管一個國家，他應該還是可以替可憐的卡呂普索做些什麼。」

「所以國王就將這座島取名為奧吉吉亞島？」爐火婆婆疑惑的說，「可是，我們這座島一點也不孤獨啊！」

爐火婆婆說得沒錯，這座奧吉吉亞島跟神話中的孤獨小島截然不同。這座島嶼雖然小，人口也不多，卻相當繁榮；因為它位於鄰近各國及海域的中心，往來船隻都會經過這座島嶼；除了在此停泊休息，商人們也會將貨物運到這裡進行交易。

「王后說，她自己過得很幸福，也希望能將這座島的繁華獻給卡呂普索。」宙斯國王懷念的說，「王后就是這麼善良的一個女人，可惜去世得太早。」

一年前，希拉王后突然生了一場怪病而去世，國王直到今日仍感到悲傷。

「她這麼善良，我相信她現在一定在天堂受到諸神的眷顧。」爐火婆婆邊說，邊將做好的料理送到國王的白色小圓桌上。

獨特的香味讓宙斯從緬懷王后的思緒中為之一振，「這是……」

「麻油麵線。」爐火婆婆嘴角漾起溫柔的招牌笑容，「據說這是王后最常做給國王吃的食物。」

國王的眼眶不禁紅了起來。「是的，王后總是說，國王太過勞累，需要進補；但是，燉煮進補料理太耗時。所以，她用同樣對身體有進補功效的麻油替代；只要與老薑一起炒出香氣，再拌上煮熟的麵線，就是一道美味又養生的料理。」

「是啊，看您一身疲憊，我想這是最適合您今日狀態的料理了。」爐火婆婆意有所指的說，「即使王后不在了，我們都希望國王

能保持身體健康……當然，也希望包括您在內的每一位國民健康；有健康的身體，才能享受幸福啊！」

「妳說得沒錯。」國王一口接一口，把麻油麵線吃得一點也不剩。「現在，我想我該回去休息，要把這幾天的元氣通通補回來才行！」

爐火婆婆笑著目送老國王離去。

宙斯國王的小叮嚀

我平常政務實在太多，不僅要解決國事及港口交通問題，還要煩惱阿波羅王子的教育，因此常常熬夜；熬夜會讓身體變差，容易造成免疫力下降、抵抗力不足。雖然食物能夠滋補養身，但最好的方法還是早睡早起；擁有充分的休息，身體才能正常運作。小朋友，要早點睡，千萬別熬夜呵！

洛洛的荷包蛋

這一天，奧林帕斯食堂一下子就來了三位客人，都是宙斯國王帶來的。

宙斯國王上一次吃了爐火婆婆的麻油麵線之後，決定要把這一個好味道分享給他的兒女，也就是他的兒子阿波羅王子以及女兒阿蒂蜜絲公主。

宙斯國王拿了紫色軟墊，阿波羅王子選擇紅色軟墊，而阿蒂蜜絲公主則取出她最喜歡的銀色軟墊，三個人圍著廚房坐下。

「爐火婆婆，請幫我們各做一份麻油麵線吧！」宙斯國王笑呵呵的說，「他們是我的兒女，我想跟他們一起品嘗這道佳餚。」

「沒問題！請你們等一下，馬上就來！」爐火婆婆鑽入廚房，拿起一個鍋子煮水，等水滾之後就把麵線放下去；又拿出一個炒鍋，將老薑細心切片，與黑麻油一起放進去，翻炒出迷人的香氣。

「爐火婆婆，我回來了！」

一個稚嫩的男孩聲音從門外傳來，店內所有的人都往門口看去，只見一個小男孩背著金色的書包跑了進來。

時常來店裡的宙斯國王對這位小男孩很熟悉，揚聲跟他打招呼：

「洛洛，你放學啦！」

洛洛停下腳步，在宙斯面前端正的站好，彎腰鞠躬有禮貌的說：

「老爺爺，您好。」

洛洛今年七歲，就讀小學一年級；洛洛是暱稱，他的本名是厄洛斯。

在希臘神話中，厄洛斯是代表著愛與享樂之神。他的希臘名字大家可能覺得很陌生；若提起他的羅馬名字「邱比特」，便是家喻戶曉了。

洛洛是跟爐火婆婆住在一起的親人，但他們沒有血緣關係。宙斯國王好奇的問過婆婆洛洛怎麼來的。爐火婆婆回憶說：「有一天，我去港口旁的菜市場買菜，看見一群人圍在碼頭；靠近一看，竟是一個小嬰兒在那兒哇哇大哭。」

「怎麼會有嬰兒在那裡呢？」宙斯國王很納悶。

爐火婆婆嘆口氣說：「沒有人知道。或許是哪個到這兒來的船員把孩子遺落下來？也或許，他是大海送給我的禮物。」

就這樣，爐火婆婆把洛洛抱回家，將他當成親生孩子般撫養。長大後的洛洛很開朗，如同希臘神話中的厄洛斯一樣，到處散播歡樂，也時常嘴甜的對別人說「我愛你」，更是奧林帕斯食堂的小幫手。

「今天好多客人啊！我來幫忙吧！」洛洛放下書包，洗了手，自告奮勇的跑進廚房。

在耳濡目染之下，洛洛對每一樣食材的功效瞭若指掌；不過，對食材的搭配以及烹調卻很糟糕，總是做出失敗的料理。

即使如此，洛洛還是有很擅長的料理，例如——荷包蛋！

「婆婆您在煮麻油麵線？」洛洛靈機一動，興奮的說：「可以讓我為他們加菜嗎？」

「喔，我的小淘氣，你能做出為麻油麵線加分的配菜嗎？」

他拍著胸脯說：「看我的！」

洛洛拿起沉重的平底鍋，倒下麻油，再打個雞蛋進去；一陣油花滋滋作響之後，完美的麻油荷包蛋就完成了！

他將荷包蛋疊放在麻油麵線上面，再一碗碗的端出去給客人。

大家吃了都嘖嘖稱奇，沒想到這兩樣料理搭配起來竟是如此美味！

「洛洛啊，老爺爺要對你刮目相看了，我還以為你只會做出失敗的料理呢！」宙斯揉揉洛洛的頭髮，大聲讚美。

洛洛揚起頭，驕傲的說：「婆婆常告訴我，每個人都不完美，可是一定會有優點；如果將優點發揚光大，學習再精進，也能變成一個很棒的人！」

大家聽了洛洛的童言童語，都開懷的笑了，宙斯對他說：「你為我們在場的每一位大人都上了一堂寶貴的人生哲學課呢！」

厄洛斯的小叮嚀

以前我常覺得自己很笨，跟著婆婆學習料理那麼久，卻總是搞砸；不是燒焦，就是放錯調味料，食材在我手中都變成很可怕的食物。我一度挫折得想要放棄料理，但婆婆一直鼓勵我，我才得以發現自己滿擅長雞蛋料理的！人有無限的可能，只是有沒有被發掘而已。你們也要堅持下去呵！

為數學苦惱的阿波羅王子

奧林帕斯王國的國王並不是世襲制，而是由人民推選出來的。

今年八十歲的宙斯國王，是在他三十歲那年被全島居民推選出來的君主。五十年來，宙斯國王沒有一天向人民請假；無論颱風下雨，或者是臥病在床，每一天早上，他都堅持要坐在明亮的皇宮大廳內，接待每一位前來晉見的人民，替他們解決疑難雜症，或者是賜予祝福。

他的兒子阿波羅王子從懂事開始，就跟在他身邊，學習著如何傾聽人民的訴求。

阿波羅王子在人民心中是青年典範。他的臉龐乾淨明亮，有如希臘神話中的太陽神阿波羅一般，洋溢著熱情與活力。

人們都很喜歡他，認為下一任的國王非他莫屬，阿波羅也朝著這個目標積極努力。

雖然看似完美，阿波羅還是有不為人知的困擾——每逢考試，他就會焦慮得睡不著覺。

在夜深人靜的夜晚，阿波羅正與一堆數字奮戰著。

阿波羅在學校的成績很好，尤其在詩歌與音樂方面特別卓越，彷彿受到亦為詩歌與音樂之神的阿波羅賜福；可惜的是，他的數學成績一直都不理想，因此很抗拒學習數學。

「咕嚕……」或許是解題消耗太多能量，才用過晚餐的他，肚子竟然餓了！偏偏廚房裡一點兒食物都不剩。看來，他只能到奧林帕斯食堂找爐火婆婆幫忙了。

很幸運的，奧林帕斯食堂的燈還亮著呢！

爐火婆婆見阿波羅進門，不好意思的對他說：「真是抱歉，食材幾乎都沒有了。」

「沒關係，只要能充飢的食物，什麼都好。」阿波羅真的是餓昏了。

「讓我瞧瞧……」爐火婆婆一向進貨進得剛剛好；對她來說，食材放過夜就不新鮮了。將近打烊時間，廚房剩下的食材不多，她一一點名：「壽司海苔、吐司，還有一點苜蓿芽、小黃瓜以及紅蘿蔔，還有半顆蘋果……」

「有了！看我的！」爐火婆婆迅速的將所有食材集合，並從萬用圍裙左下角的口袋中拿出美乃滋淋上，像捲壽司一樣的把這些材料捲在一起，特製的海苔吐司捲就輕鬆完成了。

「爐火婆婆，這真是太美味了！」阿波羅津津有味的吃著，一方面卻還在為數學煩惱：「我以後又不當數學家，如果不用學習數學的話，該有多好。有人結婚，我可以作詩為新人祝福；遊行時，可以演奏音樂助興；可是，數學無法讓我變成一位更好的國王啊！」

爐火婆婆聽了，笑盈盈的問他：「如果將這些食材一樣一樣的單獨吃，你覺得如何？」

阿婆羅不假思索的回答：「味道一定會很單調。」

「學習也是一樣呵！」爐火婆婆迅速的再捲出一個海苔吐司捲給阿波羅，「每一個科目都缺一不可，全部加起來才能讓你變成更好的人。」

「怎麼說呢？」阿波羅說。

「例如，每年節慶時，國王都會送給每一位人民、各國來賓一份小禮物，這個統計工作一向都是王國的總務大臣在處理，對嗎？」

爐火婆婆繼續說：「如果大臣生病了，你能幫上忙嗎？」

阿波羅想了想，「我的數學若不夠好，恐怕無法應付那麼龐大的統計……」

爐火婆婆又說：「這個世界多采多姿，認識這個世界的方式也有很多種，所以學習是無止盡的；或許你會覺得某些科目很枯燥，又不

知何時會派上用場。就像海苔吐司捲的食材，分開吃很單調，而且只有一點點，無法單獨做出一道菜；但就是因為有它們，你現在才不會餓肚子。」

阿波羅盯著手中吃了一半的海苔吐司捲，明白爐火婆婆的巧妙比喻。「婆婆，可以再為我做一個嗎？我要吃飽一點，今夜準備挑燈夜戰，把數學學好！」

阿波羅的小叮嚀

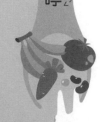

相信很多人跟我一樣，都對數學很頭疼，每逢數學課就會感到無力。在學習的過程中，老師教我們許多科目；有些科目很有趣，有些很折磨人，有的很無趣；不過，這些都是可以充實自己的知識。我們必須隨時做好準備，以備不時之需。

吃素的動物保育員阿蒂蜜絲公主

宙斯國王有一對兒女，他們是雙胞胎姊弟；弟弟是阿波羅王子，姊姊則是阿蒂蜜絲公主。

阿蒂蜜絲公主不穿有著華麗裙襬的美麗洋裝，總是一身銀色的獵人服裝，腳踏銀色的馬靴，隨身背著弓箭，看起來英姿颯爽。

雖然貴為公主，但是她時常往野地跑，王國裡任何一種動物都很喜歡她。偶爾在野地巡邏累了、餓了，阿蒂蜜絲就會到奧林帕斯食堂找爐火婆婆。

「爐火婆婆，可以為我做一盤生菜沙拉嗎？再來片大麥麵包吧！」阿蒂蜜絲一如往常，挑了最喜歡的銀色軟墊，盤腿坐在角落，並將身上的弓跟箭桶卸下來放在身旁。

「公主姊姊，我評估一下您點的菜單，有蔬菜、有澱粉，但是缺少蛋白質；不如再加一顆荷包蛋吧！」洛洛邊說邊捲起衣袖；今天是星期天，他不用上課。

阿蒂蜜絲爽朗的大笑，「洛洛，你可真會做生意！那麼，就拜託你這位荷包蛋高手嘍！」

爐火婆婆洗了許多種不同顏色的蔬菜，有紫甘藍、萵苣、紅蘿蔔、玉米以及小黃瓜、再淋上橄欖油以及今年剛釀製好的葡萄醋，一盤新鮮又健康的生菜沙拉就大功告成了。

爐火婆婆取出一個圓形的木質餐盤，擺上生菜沙拉、大麥麵包以及洛洛煎的完美荷包蛋，讓餐點看起來既豐盛又美味。

洛洛將餐盤端給阿蒂蜜絲，瞧見地上的弓與箭桶，不禁有些疑惑。

「公主姊姊，學校的老師告訴我們，當年希拉王后以希臘神話中的月亮女神阿蒂蜜絲為您命名，對嗎？」

「是啊，所以我才會那麼喜歡銀色，那是月亮的顏色呵！」

「可是，老師也說，月亮女神同時也是代表狩獵、荒野與野生動物的女神，您應該是為了保護野生動物而生的；這樣的話，為何要帶著弓箭呢？那可是會傷害人、也會傷害動物的武器啊！」

阿蒂蜜絲公主呵呵的笑著，並抽出一支箭給洛洛，「你仔細看，

它有什麼不一樣？」

洛洛小心翼翼的觀察這支箭，驚奇的發現，箭頭竟然是用泡棉做的！

「這可是我請王國最厲害的鐵匠赫菲斯托斯替我量身打造的。來，我示範給你看！」阿蒂蜜絲牽著洛洛的手走到戶外，正巧看見有隻小狗調皮的在追趕著貓咪。

阿蒂蜜絲拉起弓箭，咻的一

聲，又快又準的把箭射向小狗，小狗嚇得馬上跑掉，洛洛在一旁看得連連拍手叫好。

「野地裡有一些比較強壯的動物會去欺負弱小的動物，我就用這把特製的弓箭嚇嚇牠們，弱小的動物才不會被欺負，甚至被殺害。」阿蒂蜜絲特別提醒洛洛，「這是用來保護弱小動物，而不是用來傷害動物的。」

「公主，您一定很喜歡動物，對嗎？老師跟我們說，您很愛護動物，從來不吃這些動物。」洛洛雖然提問，卻不等公主回答，繼續滔滔不絕的提出第二個問題：「您常往野地跑，需要消耗大量體力；不吃肉，不是會沒有體力嗎？」

阿蒂蜜絲向洛洛解釋：「這是錯誤的觀念呵！蔬菜裡面有很豐富的纖維質，有些營養成分甚至比肉、海鮮都還要好！吃蔬菜比吃肉還要來得有精神呢！」

有別於阿波羅王子為國家、人民奉獻，不斷的充實自己，做好成為好國王的準備；身為王室的一員，阿蒂蜜絲公主的志向也是保護國家「子民」的生命，只是對象有所不同——不是人，而是動物。

人民私底下都叫她「吃素的動物保育員公主」。

阿蒂蜜絲的小叮嚀

小朋友，如果你被別人欺負會不會難過？所以，我們應該將心比心：如果你是強壯的人，可別欺負其他小朋友呵！反而應該保護弱小才是。

還有，肉食須耗費相當多能量，很不合乎節能減碳原則；比較起來，蔬食更加環保呵！

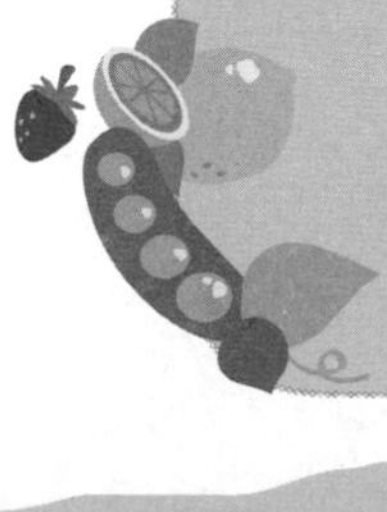

鐵匠赫菲斯托斯的特製餐點

在奧林帕斯食堂的正下方，也有一戶人家的煙囪整日都噴出一圈圈的煙霧；可是，這戶人家的煙霧聞起來不像奧林帕斯食堂那樣芬芳迷人，只有某種煤炭的味道。這裡是整個奧林帕斯王國唯一的一家鐵匠鋪。

白天的鐵匠鋪，總是不間斷的傳出敲擊聲。走入室內，火紅的鍛冶爐將溫度提升許多；一般人若是在這個空間待上十分鐘，就會熱得汗流浹背。

今天前來外送餐點的洛洛，才剛踏入屋內就直喊著：「天啊！我覺得自己快被烤焦了！赫菲斯托斯爺爺，您這裡就像爐火婆婆的烤箱呢！」

赫菲斯托斯是這間鐵匠鋪的老闆；「會嗎？我覺得這個溫度很舒服呢！這是世界上最棒的工作了！」

若問起奧林帕司王國最厲害的鐵匠是誰，無論你問奧吉吉亞島上的哪一位居民，任何人一定都會跟你說是赫菲斯托斯。他就像是掌管冶煉的希臘天神赫菲斯托斯般，有一雙巧手，能做出各式各樣的鐵器；阿蒂蜜絲公主的弓與箭，就是他精心打造的。

「辛苦你了，洛洛。」赫菲斯托斯擦擦額頭上的汗，到戶外的水井提起一些水，仔細的把手中的髒汙洗淨，才接過洛洛手中的餐盒，津津有味的吃了起來。「姊姊做的馬鈴薯沙拉最好吃了。」

原來，爐火婆婆是赫菲斯托斯的姊姊呢！

「爺爺，為什麼您那麼喜歡吃馬鈴薯沙拉呢？」洛洛問。

每當赫菲斯托斯趕製客人訂製的器具時，就會忘記吃飯；爐火婆婆都會請洛洛外送餐點過來，每一次都是馬鈴薯沙拉，幾乎沒有變過菜色。

「這就得從我們還是小孩時開始說起了。」赫菲斯托斯記得他開始到打鐵鋪當學徒，大概是十二歲的時候；「爐火婆婆有沒有告訴過你，我們的父母很早就過世了？」

洛洛以手托腮，側著頭想：「有聽婆婆提起過，好像是船難？」

「沒錯，我的父母都是很有經驗的漁夫；那一天，海面上的天氣突然轉變，他們從此就沒有回來了。那一年我十二歲，姊姊十五歲。」他們沒有親戚，幸好島上的人民紛紛伸出援手，把他們當自己孩子般照顧，學校也答應讓他們免費念到最高等教育。

「我不喜歡念書，很早就放棄學業、到打鐵鋪工作。」赫菲斯托斯看著手中的馬鈴薯沙拉，紅通通的臉上有著像太陽一般的溫暖笑容。「我很喜歡打鐵的聲音、熾熱的空氣；每做出一樣物品，就覺得很有成就感，像是一個頂天立地的大人，而不是一個失去父母的孤兒。當時急著想學到更多，往往忘記吃三餐。」

「那肚子不是會很餓嗎？」洛洛只要一餐不吃，就會沒有力氣；

三餐不吃，絕對會昏倒！

「因為打鐵鋪太熱了，熱得讓人沒有食欲。」赫菲斯托斯又起一口馬鈴薯沙拉送入口中；「姊姊很擔心我；當時她要上課，沒有太多時間幫我做便當，就做了這道馬鈴薯沙拉。不僅製作過程簡單，還可以多做一些放入冰箱，取出就可以直接吃了；冰冰涼涼，讓我一口接一口。」

「婆婆好貼心，也好聰明！」在洛洛心中，爐火婆婆是全世界最厲害的人了。

「對，她是我最棒的姊姊！」故事說完，赫菲斯托斯也把餐點吃完；搓搓手，要準備開始工作了。「為了回報她，我得再多做幾把好用的廚具送給她，讓她能做出更美味的餐點，以料理撫慰更多的人！」

赫菲斯托斯的小叮嚀

食物不僅能果腹，人們也會因地制宜的製作、品嘗各式料理。比如，生病時，食欲降低，我們會喝清粥；出門野餐時，為了方便，就會帶三明治。不管吃什麼食物，都要記得均衡營養呵！姊姊為我特製的馬鈴薯沙拉，裡頭有澱粉、蔬菜還有雞蛋，營養滿點，很適合我這樣費體力的工作。

苦惱的老師雅典娜

「唉……」坐在角落的客人一直在嘆息。

「雅典娜，妳怎麼啦？」現在沒什麼客人，爐火婆婆走出廚房，在那位客人身邊坐下來；「聽妳一直在嘆氣，要不要說給我聽？或許我可以幫上忙。」

「荷絲提雅，我想妳是幫不上忙的。」雅典娜又重重嘆了一口氣，「可是，把事情說出來，或許會輕鬆一點吧！」

很少人會叫爐火婆婆的本名，不過雅典娜不一樣；她們年紀相仿，從小一起長大，一直是無話不談的好朋友，也會跟對方傾吐心事。

雅典娜是位老師，今年已經六十五歲了，任職於奧林帕斯王國唯一的學校——奧林帕斯學園。她不僅學識淵博，在技藝方面也很有天分，每一年都擔任中學部的導師；上課輕鬆活潑的她，很受孩子們歡迎。

奧林帕斯王國的孩子很純樸，也都樂觀開朗，學校老師幾乎都不太需要操心；可是，今年中學部有個孩子，讓雅典娜很頭痛。「妳知道阿瑞斯嗎？那個剛轉學來的孩子。」

「我知道，他好像是一位船長的兒子。」

「就是他。」雅典娜光是談起阿瑞斯的名字，眉頭就多了好幾道皺紋。「他是學校的問題人物，脾氣很暴躁，時常打架鬧事，是學校裡的小霸王，很多孩子都被他欺負，在課堂上也不尊重老師，我真不知道該拿他怎麼辦才好。」

「妳啊，整張臉都快變成苦瓜臉了。」爐火婆婆伸手撥了一下雅典娜的眉頭。

「我不是老師，不知道該怎麼幫妳解決問題，但我有另一種能安慰妳的方法——」爐火婆婆起身走回廚房，拿出鹹蛋與苦瓜，「那就是美味的料理！」

「是鹹蛋炒苦瓜嗎？」雅典娜苦笑的說，「根本就像阿瑞斯一樣——讓人又『嫌』棄又『苦』惱！」

雅典娜繼續說：「妳知道吧，希臘神話中的雅典娜是代表智慧與技藝的女神；我跟她同名，卻沒有足夠的智慧教育阿瑞斯，無論怎麼懲罰他都沒有用。」

爐火婆婆的鹹蛋炒苦瓜將近大功告成；她從圍裙最中間的小口袋裡取出一小把白色的結晶，撒入菜餚裡，再用鍋鏟拌一拌，這道料理才算完成。

雅典娜好奇的問：「妳剛剛又放了鹽？鹹蛋已經很鹹了，應該不需要再放任何調味料才對吧？」

「妳猜錯了，我放的是糖。」爐火婆婆將鹹蛋炒苦瓜端過來，要雅典娜趕緊試試味道。

「放糖？」雅典娜嘗了一口，眼睛亮了起來；「沒想到，鹹的料理中放入糖，口味一點也不奇怪，糖的甜味反而讓整道料理變得更順口，苦瓜比較不苦，鹹蛋也沒有那麼鹹了。」

「這可是我的料理戰略呢！」爐火婆婆微笑的問她：「妳應該知道，希臘女神雅典娜除了掌管智慧與技藝之外，還掌管什麼吧？」

雅典娜馬上脫口回答：「還有秩序與……戰略！」

「鹹蛋炒苦瓜原本是一道又鹹又苦的料理，放入一點糖就變得不一樣了。若將情況套用在阿瑞斯身上呢？」爐火婆婆告訴雅典娜，「阿瑞斯就像鹹蛋與苦瓜，很折磨人，而妳的懲罰就像鹽巴，只會讓他變得更糟。」

「所以，我應該要放糖——給他鼓勵跟愛？」雅典娜想了想，還是沒有把握；「有用嗎？」

爐火婆婆拿起另一雙筷子，夾起一口鹹蛋炒苦瓜入口，笑著說：「試試看吧！戰略就是要實行才知道效果啊！我也是有一天不小心把糖撒在這道料理上，才出現眼前這道美麗的契機呢！」

雅典娜的小叮嚀

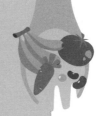

乖巧就要鼓勵、搗蛋就要懲罰，這似乎是自古以來無數老師或是父母一貫的教育模式；荷絲提雅教我要用不同的角度去思考並執行，或許事情會有意想不到的轉機。我不知道有沒有用，不過我想試試看。小朋友，你們覺得我能以愛感化阿瑞斯嗎？

小霸王阿瑞斯成為偶像

午餐時間，奧林帕斯學園裡的氣氛很緊張。

「阿瑞斯來了，我們趕快躲開！」許多學生原本悠閒的走在校園中，一看到阿瑞斯出現，紛紛以小跑步散開。

阿瑞斯走在校園，路上每個出現在他眼前的小石頭，他都會用力的狠狠踢開。他有一對粗濃的眉毛，眼神銳利，永遠都是同一個表情——生氣；他已經轉學到奧林帕斯學園兩個星期，從來沒有一個人看過他的笑容。

「你們有誰知道阿瑞斯是從哪裡來的？」他的班級裡，有些同學圍在一起討論著他。

洛洛搶先開口；在班上他還有另一個綽號——小靈通！

「聽奧林帕斯食堂的客人說，他的母親很早就去世了。父親是一位很有名的船長，名叫海力克士，幾乎每一個城邦都知道他的大名；他終年在海上航行，在不同的國家做貿易。所以，阿瑞斯就像孤兒一樣，時常獨自一個人在家……」

洛洛話還沒講完，就被人從後面揪住領子往上提。

「是阿瑞斯！」其他人紛紛尖叫跑開。

「你是在講我的閒話嗎？」阿瑞斯的眼神裡充滿憤怒，眼看他的拳頭就要落下……

「阿瑞斯！住手！」教室門口的一聲喝令救了洛洛——是雅典娜老師！

雅典娜帶著阿瑞斯來到輔導室。

「妳要教訓我就快一點，我肚子餓了。」阿瑞斯一屁股坐下來，一點兒也不在意老師會怎麼懲罰他。

阿瑞斯的不禮貌並沒有讓雅典

娜發火，她慢條斯理的從包包裡拿出一個便當盒。

「要教訓你的時間多的是；但現在是午餐時間，你先吃飯吧！」

雅典娜一邊說、一邊把便當盒打開，裡面放著花生醬三明治。

「這是奧林帕斯食堂的爐火婆婆做的呵！」雅典娜說。

食堂往來的人很多，無形中也成了訊息交流中心。爐火婆婆告訴雅典娜：「曾有一位跟著海力克士多年的水手說，海力克士船長的兒子最喜歡吃花生醬三明治；如果拿草莓醬三明治給他，他會氣得把船都給拆了！」

「我剛剛差點兒就要揮拳打人，為什麼妳不罵我，還要送我最喜歡吃的東西呢？」阿瑞斯充滿疑惑。

「你知道希臘神話中也有一位天神名叫阿瑞斯嗎？」雅典娜把花生醬三明治遞給阿瑞斯，接著說：「那位希臘天神是代表戰爭與暴力。」

「我知道我是一個壞小孩。」阿瑞斯嘟起嘴，一臉不悅。

「我想，若是讓你當糾察隊，一定能做得很好。」雅典娜提議。

「這是肯定的，因為大家都怕我。」

「與其讓人怕你，不如讓大家尊敬你。」雅典娜直視著他說：「天神阿瑞斯也有優點，那就是男子氣概與秩序，老師在你身上也看到這兩個優點。」

「三明治可以夾著你最喜歡的口味，也可以夾著你討厭的口味；

人也是一樣，你可以表現出差勁的自己，也可以在眾人面前呈現好的一面。與其用暴力去欺壓別人，為何不用實力去贏得別人對你的尊敬呢？」她鼓勵阿瑞斯，「試試看，好嗎？」

經過爐火婆婆的提點後，雅典娜很細心的去做了家庭訪問。正如洛洛說的，阿瑞斯幾乎是一個人自立自強的成長，不像其他孩子有父母的陪伴與關懷，從來沒有人教導阿瑞斯如何友善的跟他人相處。

這次的輔導室面談之後，阿瑞斯正式成為學園的糾察隊。他果真聽進雅典娜的教誨，不僅不欺負人，還用他的威嚴把校園秩序整治得井井有條，也讓他成為校園中新一代的偶像，許多學弟妹們都很崇拜阿瑞斯呢！

阿瑞斯的小叮嚀

我必須懺悔，以前我以為讓別人怕我是一件很酷的事情；可是，自從我當上糾察隊之後才發現，使人畏懼與讓人尊敬是天差地遠的……我不能多說了，前面有一個孩子正在搗蛋——嗶！嗶！那邊的小朋友，將丟在地上的垃圾撿起來！罰你一個小時勞動服務，將垃圾場能夠資源回收的東西都挑出來！

失去活力的郵差荷米斯

「有您的快遞，請簽收！」

奧林帕斯食堂外傳來清脆的呼叫聲；爐火婆婆趕緊關掉爐火，擦擦手中的油漬，快步往屋外走去。

「這是一早從古老大陸寄來的，寄件人是潘。」郵差先生很盡責的再次確認，「收件人是您——荷絲提雅，請爐火婆婆您再確認一次。」

「沒錯，是潘寄來的。這個朋友總是環遊世界，看到什麼奇特的調味料都會想到我。」爐火婆婆喜孜孜的簽名後，接過包裹，連聲向郵差道謝：「荷米斯，真是辛苦你了。」

荷米斯是奧林帕斯王國唯一的郵差；他不僅要幫忙收送信件、包裹，還要遞交郵購申請，遇到不識字的老人家還會幫他們寫信，也幫人傳遞口語訊息，服務的項目五花八門；即使如此，他還是可以把工作處理得盡善盡美。

他是一個二十出頭的爽朗青年，總是笑臉迎人；腳上踩著一雙有翅膀造型的帆布鞋，整個人開朗得好像可以飛上天一樣。

不過，爐火婆婆發現，今天的荷米斯好像變了一個人；不僅嘴角下垂，走路還有氣無力。

「荷米斯啊，你有什麼心事嗎？」爐火關心的詢問，荷米斯有些哽咽的說：「今天早上我清點要收送的郵件，總共有三十七個國內包裹、五十六封郵件、五條口語訊息，船運包裹也有四十二件；今天中午，我重新盤點一次時……竟然有一封郵件不見了！」

荷米斯拿起手中的郵件記錄表，「有一封要給海洋工會理事長波賽頓的國際郵件，記錄表上並沒有簽收；可是，郵件卻不在我的郵差包中……我走遍了今天所有去過的地方，還回去郵局、住所整個都翻過來找，就是沒有找到……」

「放心，會找到的。」爐火婆婆安慰著他。

荷米斯的眼淚像雨一樣滴落，爐火婆婆的安慰反而讓他覺得更難過，他不禁大喊：「妳不懂我的心情！我竟然丟失郵件？我真是天底下最差勁的郵差！」

面對荷米斯的怒氣，爐火婆婆不以為意，反而將他拉入食堂內，讓他在軟墊上坐下來，輕聲安慰：「相信我，你絕對是我們最棒的郵差，一定能找到丟失的郵件！」

「你現在就是太心急；心急不但對事情沒有幫助，反而會讓你更慌亂。」爐火婆婆趕緊打開包裹，「讓我看看有什麼新奇的食物，或許可以幫助你安定心神。」

她翻啊翻，翻到一瓶裝著黃色泥狀物的小罐子。之前潘也曾寄過這種調味料給她，有許多料理方式，她自己則覺得用來煮湯最適合了。

爐火婆婆便煮了一鍋水，挖出適量的黃色泥狀物放入，再將豆腐切小塊放進去，撒入海帶芽以及一點切細的蔥花，散發迷人香氣的熱湯就完成了！

荷米斯看著眼前這一碗黃黃濁

濁的湯，疑惑的說：「看起來像是混著黃泥巴的湯，真的好喝嗎？」

爐火婆婆催促著他：「相信我，絕對好喝！」

荷米斯鼓起勇氣的喝了一口——嗯！真是鮮美！不禁一口接一口的把湯喝個精光。

「真是太好喝了，我從未嘗過這個滋味。」

「這是用味噌煮成的湯。味噌是東方一個國家的特產，他們的人民常吃呢！據說，一早喝碗味噌湯，整天都會活力充沛！」

這時，荷米斯的手機響起。他接起電話後，臉上出現笑容了，並頻頻跟對方說：「真是太感謝你了！我馬上過去拿！」

掛了電話後，他告訴爐火婆婆：「剛剛送郵件到奧林帕斯學園，那封郵件可能不小心夾在其他信裡一起送出去。我剛剛心急，忘記去學園找，幸虧他們好心的打電話通知我。」

他起身向爐火婆婆道謝，又恢復年輕活力的模樣。臨走前跟爐火婆婆說：「謝謝您用活力味噌湯帶給我活力，還給了我好運氣！」

荷米斯的小叮嚀

有句話說：「欲速則不達。」意思就是，越是著急、越是求快，事情反而會做不好。這次丟失郵件的意外發生後，我省思到，遇到事情時，若能冷靜下來，好好思考，或許答案就會浮現。像我那樣著急，還將怒氣發洩在其他人身上，真是非常糟糕啊！

海洋工會會長波賽頓的煩惱

在港口旁邊有一棟漁船造型的房子，當地人都叫它「船屋」，它真正的名字與用途則是「海洋工會辦公處」；只要你有與海洋相關的問題，不管是本地人或是外地來的船員，都可以來這裡請求援助。

船員們即使沒有困擾，也很喜歡待在這裡聊天，互相交流訊息；由於他們都是大喇喇的人，嗓門都很大，所以這裡總是充滿熱鬧的聲音。

不過，這天下午，一封信件抵達之後，鬧哄哄的工會頓時安靜下來，大家臉上盡是愁眉苦臉。

「會長，你說該怎麼辦呢？」一位資深的船長拿著那份郵件，內心真是希望郵差把它搞丟！

「為了盤點海洋生命力指數，禁止各國船員獵捕魚貨，包含各類有生命之海洋動物，違者將受五年禁止出海捕魚之處分。」會長波賽頓根本不需要看那張信，就能一字一句的背出來；不是他記憶力驚人，而是字字句句都令他大受打擊。

波賽頓是一個蓄著大把鬍子的中年男子，終年在海上航行；炙熱的陽光將他的皮膚染上一層焦糖色，一身圖樣花俏的夏威夷襯衫更是他的標記。

由於他航海經驗豐富、辦事能力強，再加上與希臘神話的海神波賽頓同名，因此已經蟬聯海洋工會會長一職二十年了。這麼多年來他遇過不少困難，都能以智慧迎刃而解；但是，這一回他真的不知道該如何是好。

「禁止獵捕海洋動物並不影響我們的生計，還有海帶、海藻之類的可以採撈賺錢，但怎麼偏偏是現在呢？」波賽頓嘆口氣繼續說：「再過兩天就是國王的生日，每年我們都會準備上等的海鮮跟魚貨為基本食材，做成祝賀料理獻給國王；今年若只有海帶、海藻，會顯得誠意不足啊！」

就在大家一片沉默中，拿著公告信件的老船長有了主意：「奧林帕斯食堂的爐火婆婆對料理很有一套，據說國王也很喜歡到那裡用餐，或許可以向她求助！」

於是，一群人就浩浩蕩蕩的順著港口前方的斜坡往上走，來到奧林帕斯食堂。

「唉呀！你們都來啦！」爐火婆婆站在廚房裡招呼著，她正忙著做洛洛最喜歡吃的涼拌小菜；洛洛說今晚準備挑燈夜戰，希望明天的考試能考出好成績。

波賽頓代表大家說明來龍去脈之後，對婆婆說：「希望妳能幫幫忙——國王生日那天我們該怎麼辦呢？」

爐火婆婆馬上就拍胸保證：「你們先到外頭坐，我即刻就能做出一道用海帶做的料理給你們嘗嘗。」

不一會兒，爐火婆婆就端出她剛才為洛洛準備的「考試一百分料理」。船員們著急的上前一看，大家都失望極了：「涼拌海帶豆乾絲？這種料理怎麼上得了檯面啊？」

「別急，還沒完工呢！」爐火婆婆手上的盤子，只是裝著將海帶絲、豆乾絲與醬油、香油拌勻的涼拌海帶豆乾絲而已，看起來只是一般的家庭料理，一點也不適合大場面的宴席，何況是獻給國王？

只見爐火婆婆從圍裙的眾多口袋裡，拿出一把香菜鋪在盤子正中央，再將幾顆小番茄剖半，沿著盤緣排列。

波賽頓驚奇的說：「好像變魔術啊！原本是一道不起眼的家常小菜，經過擺飾，竟然就像是一道宴席料理呢！」

大家紛紛夾菜品嘗，個個都發出驚歎：「不僅好看，更是好吃！」

「其實，宴席料理不一定要用大魚大肉，不起眼的蔬果也能有模有樣呵！」爐火婆婆笑著說，「而且，蔬果的營養價值一點也不輸給魚跟肉呢！」

大家一聽都笑了；他們不僅講話大聲，笑聲也很洪亮，波賽頓率先開口：「沒錯！我們可不能小看蔬果啊！呵呵……」

波賽頓的小叮嚀

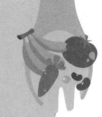

以前我一直認為，大魚大肉才是能端得上檯面的宴客料理；這回，爐火婆婆的巧手讓我們大感驚訝。雖然蔬食料理看起來很簡單，但只要搭配得宜，也能讓視覺上相當豐富；不僅如此，味覺上一點也不輸給大魚大肉。或許，下一次當遠方的船員回來，就擺一桌蔬食大餐讓他們換換口味，既清爽又健康！

熱愛穀物的農夫狄蜜特

奧林帕斯王國雖是一座海島，但是地理條件與氣候都非常好，也沒有鹽分過高的問題，因此很適合種植農作物。在這裡，擁有最多土地、種植最多作物的農夫，非狄蜜特莫屬。

每天清晨，狄蜜特比大多數人都還要早起，到田地澆水、拔草，下午就到各個酪農場收集動物的糞便，一車車的拉回去，製作天然無毒的肥料；到了黃昏，她就會將收成的作物送到市場上販賣。

狄蜜特種植的大多是穀物類的作物，像是稻米、薏仁、綠豆等。

由於她堅持天然無毒的栽種方式，因此大家都喜歡向她購買；不過，大家買的幾乎都是固定的那一兩樣穀物。

「狄蜜特，給我一斤白米吧！」

「我家的米沒有了，請幫我秤兩斤！再來一斤小麥，我要回家磨成麵粉做麵包。」

白米跟小麥，永遠都是最暢銷的兩樣商品。

「紫米煮起來很香，薏仁對身體很好，要不要也試試看呢？」狄蜜特常會推銷其他穀物給客人，卻很少有人選購。

「等要煮甜湯或是八寶粥時再來跟妳買吧！」很多人都這樣回答。

狄蜜特有些難過。對她來說，推薦這些穀物絕對不是為了賺錢；

她喜愛所有的穀物，希望這些充滿營養價值的穀物都能被人們接受。她喜愛穀物的心，就如同掌管農業、糧食與收穫的希臘女神狄蜜特一樣。

有一天，她送貨到奧林帕斯食堂時，跟爐火婆婆談起這件事。

「您知道嗎？每一樣穀物都有不同的營養成分；白米跟小麥很好，但是燕麥、蕎麥或是紅豆也都對身體很好。」

雖然爐火婆婆沒念過專業的烹飪學校，但是長年的料理以及對食材的研究，她當然也知道這些。經狄蜜特一說，她才發現，食堂所用的主食也幾乎都以白米飯為主呢！

「您有沒有可以讓大家平日就喜歡吃其他穀物的想法呢？」狄蜜特苦惱的問。

爐火婆婆皺了皺眉頭，這可難倒她了。「每一樣穀物都有特定的料理方式，比如黑糯米適合做飯糰、紅豆跟薏仁適合煮甜湯；若要像白米跟小麥這樣讓人們習慣天天食用，恐怕有困難。」

在一旁做功課的洛洛聽到他們的對話，不禁抬起頭來說：「那麼，把它們全混在一起，煮成多穀飯就行啦！這樣不就可以取代白飯了嗎？」

對於洛洛這個「瘋狂」的提議，兩個大人不禁面面相覷：「這個想法值得一試！」

狄蜜特趕緊回到她的穀倉，每一樣穀物各抓一把放入袋子裡，包括糙米、黑糯米、洋薏仁、黑麥仁、紅扁豆、蕎麥仁、小米、綠豆、燕麥仁、紅豆等十種穀類，再拿去給爐火婆婆。

爐火婆婆先將這些穀類清洗乾淨，泡水數個鐘頭，接著再依一般煮飯的方式料理；不一會兒，「十穀飯」就完成嘍！

一打開飯鍋，十種穀類混合的香氣撲鼻而來；爐火婆婆、狄蜜特以及洛洛各拿一支湯匙，挖了一口送入嘴中，滋味更是絕妙。

「我想，十穀飯絕對會取代白飯，成為家家戶戶餐桌上的新寵兒！」爐火婆婆鐵口直斷。

果不其然，在她對奧林帕斯食堂的客人推薦之後，大家就愛上了這十穀飯的味道！很多人甚至等不及翌日黃昏，就直接跑到狄蜜特家要買多種穀物。

十穀飯就這樣在奧林帕斯王國流行開來，甚至每一戶人家都有自己的配方，有人研發十二穀飯，也有人只選用其中幾種，主婦們還會互相交換食譜呢！

從此之後，狄蜜特的攤位更熱鬧了！但是，因為客人一買就是好幾種，一整天下來，她都頭昏眼花了，連作夢都會說夢話：「你要紫米、小米跟綠豆……不對，是紅豆……抱歉抱歉……」

狄蜜特的小叮嚀

沒想到，孩子的一句童言童語竟然讓這些冷門的穀物開始受到人們欣賞，還蔚為風潮，我要代替它們向洛洛鄭重道謝！人類的主食一向以米飯跟麵粉為主；即使人們現在已經知道其他穀物的優點，卻很少把它們做為主食，只是當作點心，或是另製特色餐點。現在，我們已經證明了它們可以作為餐桌上的主食；待會兒吃飯，你不妨也來一碗十穀飯吧！絕對不會讓你失望的。

美女阿芙蘿黛蒂也愛吃

「親愛的阿芙蘿黛蒂，請問妳願意跟我約會嗎？」一位斯文的男士正在向奧林帕斯王國最出名的美女提出邀約。

這位名叫阿芙蘿黛蒂的美女，今年才二十五歲，擁有婀娜多姿的身材，以及令人驚豔的臉龐，舉手投足間盡是優雅，身邊總是飄散著芬芳，連聲音都令人陶醉。聽說，她出生的時候就很美麗，她的父母便以希臘神話中掌管愛情與美麗的女神阿芙蘿黛蒂為她命名。

很多人或許不認識「阿芙蘿黛蒂」這個名字，她的羅馬名字則赫赫有名——就是維納斯。

未婚的男士們都想要跟美麗的阿芙蘿黛蒂約會；可是，每一個人都吃了閉門羹。

「女兒，妳眼光太高了，什麼樣的男士妳才會喜歡呢？」她的父親擔憂的問。

阿芙蘿黛蒂用她如黃鶯般的美妙聲音回答：「其實，有幾個男生我也很喜歡；不過，他們總是提出我最討厭的邀約。」

比如眼前這位文質彬彬的男士也是一樣——

「我請妳去吃頓大餐吧！」男士熱情的說。

「對不起，我最討厭吃大餐了！」阿芙蘿黛蒂頭也不回的走了，留下一臉錯愕的男士。

「為什麼妳不喜歡吃大餐呢？」她的父親從以前就很想問她；別說是大餐，女兒從青春期開始，幾乎就不太愛吃飯。

她嘆了口氣說：「父親，要維持曼妙的身材，是需要禁口的；我一直逼自己要忍耐，不然會變胖！其實我忍得很辛苦。」

他的父親聽了之後，雖然很難理解，卻可以體會女兒愛漂亮的心情。為了讓女兒不要節食得那麼辛苦，更希望她能像一般女孩一樣，跟喜歡的男生一起出去遊玩、用餐，他決定向王國裡的人民廚娘求助，也就是爐火婆婆。

爐火婆婆聽了之後，要他隔日帶阿芙蘿黛蒂到食堂一趟。

翌日，阿芙蘿黛蒂千百個不願意的跟著父親來到奧林帕斯食堂；

「父親，我以為昨天說了之後，您會瞭解我。」

「我們就相信爐火婆婆一次吧！」她的父親耐心勸著。

一進奧林帕斯食堂，一陣豆香撲鼻而來，讓兩人都不爭氣的吞了口水。

「不行！我不能吃，我會變胖的！」

阿芙蘿黛蒂轉頭就想離開；但是，爐火婆婆及時的一句話，讓她停下腳步：「相信我，這道料理絕對不會讓妳變胖，還會讓妳變得更美！」

「那……我考慮一下。」阿芙蘿黛蒂在桌子旁坐下之後，爐火婆婆趕緊端出今日的特製料理。

「是豆腐？」阿芙蘿黛蒂說，「豆腐怎麼可能讓我變得更美呢？要減肥只能吃蔬菜，蔬菜的熱量比較低。」

「豆腐如果烹調得好，也是熱量很低的食材呵！」爐火婆婆介紹眼前這道豆腐料理：「我只是把一般豆腐蒸熟，再淋上用減鹽醬油、一點點香油以及薑泥混合的醬汁，就是一道美味的低卡料理。」

爐火婆婆接著說：「醬油用減鹽的，就不會讓妳水腫；薑可以增進新陳代謝，一點點香油則是美味的關鍵。況且，豆腐不僅不含膽固醇與脂肪，還有豐富的蛋白質與鈣質，重點是還有維生素E呵！妳應該知道維生素E的作用吧？」

阿芙蘿黛蒂露出足以迷倒眾人的美麗笑容說：「抗衰老。」

「孩子，食物是天然的減肥與美麗配方，只要吃對食物，它們會幫妳變成一個更有魅力的人。」

爐火婆婆還在說話的同時，阿芙蘿黛蒂早已經拿起筷子，優雅的吃起眼前的豆腐了。

阿芙蘿黛蒂的小叮嚀

跟我一樣為了維持身材或者是減肥的女孩子一定很多；據說，現在很多男生也很怕肥胖纏身。我從前以為，節食是減肥的不二法門；但是，吃得太少只會讓身體的代謝能力變差、沒有精神，甚至連皮膚都會變得粗糙、頭髮也沒有光澤。身體雖瘦，整體看來卻像個不健康的木乃伊。現在我不必節食了；因為，只要吃對食物，還是可以維持身材，變得更漂亮！

釀酒師戴歐尼修斯的領悟

在奧吉吉亞島的西側有一整片葡萄園，都是屬於戴歐尼修斯的；他不僅耕種葡萄，也釀造葡萄酒，舉國上下沒有一個人的釀酒技術比他還厲害。

卻也因為如此，他非常熱愛飲酒。

戴歐尼修斯每天都醉醺醺的，是奧林帕斯王國最有名的酒鬼；舉凡能看到酒的地方，或者是有派對的場合，就能見到他步履不穩的身影。

「兄弟，該節制一點，別再喝了。」他的朋友都很替他擔心，常

勸他別喝那麼多。

不過，他總是不以為意；「我酒量很好，你不用擔心啦！」

有一天，他去參加一場派對，狂歡到深夜，喝的酒也比平常來得多；在回家的路上，他終於因為不敵酒精的力量，暈倒在半路，正好倒在奧林帕斯食堂門口。

隔天一早，準備營業的爐火婆婆剛打開門，就被躺在店門口的戴歐尼修斯嚇了一大跳！

「天啊，你還好嗎？」爐火婆婆趕緊扶他進店裡，洛洛也細心的拿來溫水跟毛巾，幫忙擦掉戴歐尼修斯身上的髒汙。

在他們兩人的合力照顧下，戴歐尼修斯逐漸甦醒，卻伴隨著頭痛欲裂還有極度不舒服的反胃；後來，他去廁所吐了好久，才慘白著一張臉走出來。

「真不好意思，讓你們這樣照顧我。」他一邊跟爐火婆婆以及洛洛道歉，一邊揉著肚子呻吟：「還是好不舒服啊……」

爐火婆婆見狀，馬上套上圍裙走入廚房：「看來，你昨天一定空腹喝了很多酒對不對？我得幫你準備些食物，舒緩胃的不適。」

爐火婆婆燒了一壺熱水，從圍裙口袋中取出一些茶葉放入茶壺；再從櫃子裡拿出一個玻璃瓶，從瓶中夾出一顆酸溜溜的梅子。她將梅子放在熱熱的白飯上，淋上泡好的茶水，一碗梅子風味的茶泡飯就完成了。

戴歐尼修斯原本胃痛得吃不下，在爐火婆婆的鼓勵下勉強吃了一口。「哇！真是太清爽了，我應該可以把這碗茶泡飯吃光光。」沒一會兒，他真的將整碗茶泡飯吃得一點也不剩；神奇的是，胃也不痛了！

「我從來沒想過，一碗簡單的茶泡飯比解酒特效藥還要有用呢！」戴歐尼修斯摸摸下巴的鬍鬚，讚歎的說：「我平時根本不喝茶的。葡萄酒不僅香醇，而且還能使人快樂；跟酒比起來，茶實在是太平淡無味了。」

「雖然這碗茶泡飯是很平淡的料理，卻有療癒的效果，能幫助你緩解、擺脫不舒服。」爐火婆婆取走空碗，並語重心長的告訴他：釀酒雖然是很偉大的發明；但是，再美味的食物只要食用過量，就會變成身體的負擔；反之，清爽的食物才能令身體感覺舒服。

「你認真想想，酒精雖然帶給你快樂，另一方面是不是也一直在傷害你的身體呢？」

這番話，讓戴歐尼修斯認真的思索了起來。他想起自己之前因喝酒過量，不僅騎車去撞樹，住院一個禮拜，有一回冬夜還醉倒街頭，生了一場大病；這幾年來，他的腸胃也開始頻繁的向他抗議，時常疼痛不已。

「我想通了。」他抬起頭來認真的對爐火婆婆說：「我以後一定會克制飲酒，並清淡飲食，不能讓一時的歡樂摧毀身體健康。」

一直在一旁安靜傾聽的洛洛，終於找到說話的機會：「希望你說到做到，別再讓我們一開門就被一個醉漢嚇到清醒過來！」

聽了洛洛的話，讓原本嚴肅的氣氛又充滿了笑聲。

戴歐尼修斯的小叮嚀

在希臘神話中，戴歐尼修斯是發明釀製葡萄酒的神明，同時也是派對之神；我想以他為榜樣，在酒精與派對中得到快樂。可是，神話中並沒有鼓勵放縱；畢竟，飲酒過量會影響健康，有時候還會因此神智不清，做出很多不對的事情。小朋友，你們千萬別學我呵！

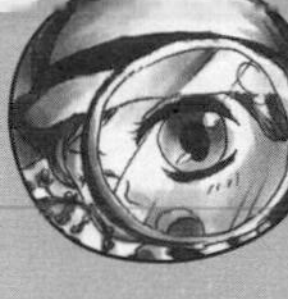

忙碌的植物學家泊瑟芬

在奧林帕斯王國裡，時常可以看到一個身材高䠷、容貌美麗的女子蹲在花叢或是植物中；她總是帶著一頂柔軟的布帽，手中拿著一支放大鏡，仔細的觀察植物跟花朵，還時常跟它們對話呢！

正當她專心研究著眼前的一朵花時，遠方傳來一聲聲的呼叫聲。

「泊瑟芬，親愛的，妳在哪裡？」

那是丈夫的呼喊，她趕緊回頭並站起來揮著手說：「黑帝斯，我在這裡！」

丈夫黑帝斯朝著她走過來，並遞給她一瓶清涼的水，再拿起手帕

替她擦擦汗；「請問這位植物學家，妳為了這些植物，連午餐都不想吃了嗎？」

泊瑟芬是一位植物學家，除了吃飯和睡覺，全年幾乎都與植物為伍。她沒日沒夜的研究植物，一半的時間待在奧林帕斯王國，另一半時間則是遊走世界各地，研究各式各樣的植物；明天，就是她即將啟程離開奧林帕斯王國的日子。

「走吧，今天中午我們到奧林帕斯食堂用餐。」黑帝斯牽著她的手，小心翼翼的往山下走；昨天下過雨，山上的泥巴還是溼的，一不小心就可能滑倒。

黑帝斯是一位溫柔的丈夫，他很疼愛泊瑟芬，盡可能的呵護她，就連泊瑟芬每年都要出遠門六個月，他也支持她；相較之下，泊瑟芬就沒有那麼為黑帝斯著想。

泊瑟芬走在丈夫旁邊，滔滔不絕的講著她剛才的發現，「剛剛那朵花可能是新品種的花，等一下我要回去採樣，好好的研究！明天出發之後，我要跟同行的教授一起討論跟研究。天啊！一想到明天又可以出門考察，我真是太興奮了！」

泊瑟芬講話的同時，他們兩人也正好走入奧林帕斯食堂，泊瑟芬的話爐火婆婆都聽到了；另一方面，細心的她也注意到黑帝斯越來越苦澀的表情。

興奮的泊瑟芬，一點兒都沒有發現丈夫黑帝斯對於她即將出遠門，其實非常捨不得。

「泊瑟芬，妳來得正好，我剛研發了一款新口味的麵包呢！」爐火婆婆熱情的從烤爐裡拿出香噴噴的麵包，送到泊瑟芬面前。

泊瑟芬一看，驚訝的說：「是粉紅色的麵包！還做成花朵的形狀，好美啊！」她迫不及待的張口咬下，一股清甜的果香瞬間瀰漫在她口中；「這個是……石榴？」

爐火婆婆給她一個讚賞的眼神：「正是石榴。妳可知道，希臘神話中有關於石榴的故事？」

泊瑟芬搖搖頭，津津有味的品嘗著麵包，希望爐火婆婆可以講給她聽。

爐火婆婆說：「希臘神話中，泊瑟芬是黑帝斯的妻子；但是，她的母親希望她可以回到地面上，黑帝斯因此感到相當難過。不過，就在泊瑟芬即將離開冥界時，她吃了六顆石榴；只要吃過冥界的食物，就必須留在冥界；因此，每年她有六個月的時間必須留在冥界。她的丈夫黑帝斯開心極了；雖然只有短短六個月，他還是很珍惜。」

泊瑟芬聽完故事之後，看向坐在一旁的丈夫，突然領悟到：自己的丈夫那麼努力的忍住思念，支持她往理想前進，她是一個多麼幸福的女人啊！

於是，她給丈夫一個擁抱，並告訴他：「謝謝你，我會盡快回來。」

黑帝斯愁苦的臉，此時才露出微笑。

泊瑟芬的小叮嚀

我以前一直認為丈夫等我回家是理所當然的事情；畢竟，身為一位植物學家，本來就要花很多時間出去考察，我認為他一定可以理解。不過，我卻忽略了他的感受；如果不是爐火婆婆提醒，我還是只想到自己吧！小朋友，想著自己的同時，也要記得顧慮他人的感受，以免在無意中傷害了你最愛的人。

礦場老闆黑帝斯的想念

奧吉吉亞島的最北方有一座礦場。或許是上天的恩賜，這座礦場不僅有鑽石、黃金、白銀、黃銅，還有各種顏色的寶石，礦產非常的豐富，是島上出口量最多的產業；因此，許多居民都是在礦場工作的工人。

由於肩負著許多家庭的生計與幸福，因此這座礦場的主人黑帝斯很注重礦坑的安全，防護設備非常完善，安全上絕對萬無一失！除此之外，他對員工也非常大方，幫員工加薪之外，還常請大家吃飯，工人們都覺得他是世界上最棒的老闆。

雖然有成功的事業，又獲得下屬敬重，黑帝斯卻常常嘆氣。

「唉……」這一天，礦坑中又運了許多黃金跟鑽石出來，大家都因為大豐收而樂不可支；理應是非常開心的時刻，黑帝斯卻嘆氣連連。

「老闆，怎麼啦！為什麼嘆氣呢？」

「是不是不舒服？一連挖了三個小時，一定是累了。」

「該不會是哪裡受傷了吧？」

工人們紛紛圍過來關心，卻沒有一個人猜對黑帝斯嘆氣的原因。

「我的妻子今天又要遠行了。」黑帝斯說完，又重重的嘆了一口氣。大家恍然大悟的點點頭，紛紛過來拍拍他的肩膀，卻不知道該怎麼安慰他。

有人曾問黑帝斯：「你可以叫你妻子不要去啊！」

黑帝斯都如此回答：「這是她的興趣及事業，我怎麼忍心要她放棄自己最喜歡的工作呢？」

黑帝斯不僅是一位好老闆，也是非常愛妻子的丈夫；因此，每當泊瑟芬要出門考察時，他一邊替妻子感到開心，一邊卻又為自己的孤單感到難過，因為他會非常想念妻子。

今天，泊瑟芬又再度踏上為期半年的旅程；黑帝斯在船頭與她揮手告別後，就拖著沉重的腳步來到奧林帕斯食堂。雖然他難過得吃不下東西，可是更不想回到空蕩蕩的家。

當他踏入奧林帕斯食堂時，爐火婆婆正背對著他用力揉著麵團。看到爐火婆婆揉得汗流浹背，似乎非常吃力，黑帝斯趕緊去洗了手，

挽起袖子主動說要幫忙。

「讓我來吧！我長年挖礦，比您有力氣多了！」

「你來得真是剛剛好，那就拜託你了。」爐火婆婆擦擦額頭上的汗水，笑著說：「真是不好意思。可能是昨天買菜的時候，一時貪心、買得太多，害得今天手痠疼無力，很擔心麵團揉得不好。」

黑帝斯揉著麵團，爐火婆婆就從

各個口袋中拿出芝麻、蕎麥、燕麥等各式各樣的五穀雜糧丟入麵團中。

黑帝斯問道：「您是打算要做雜糧饅頭嗎？」

爐火婆婆沒有正面回答這個問題，反倒自顧自的說著：「傳說中，希臘神話的泊瑟芬在秋天與冬天時是冥界的皇后，協助冥王管理冥界的大小事情；但是，在春天與夏天時，她就會離開冥王到地面上扮演一位稱職的豐收女神，帶給人們一整年的食糧。今天我做這個雜糧饅頭，就是為了向她致敬！」

黑帝斯聽著，若有所悟：「您說得真好！我想，我的泊瑟芬也是一樣，那麼辛苦的奔走各國，就是為了替人們解開許多未知植物的謎底，或許有些植物還能用來幫助人們治病呢！」

不一會兒，雜糧饅頭揉好了；蒸熟之後，香噴噴的穀物香味流竄在奧林帕斯食堂的每一個角落。當黑帝斯張口咬下時，彷彿感覺到妻子正在他的身邊陪伴著。

黑帝斯的小叮嚀

分離是一件很痛苦的事情，尤其當對方是你深愛的人。小朋友，你們還記得第一天上學的景象嗎？你們當時是不是哭著不想跟家人分開？為什麼家人還是堅持要把你送到學校呢？其實，看到你們哭，他們也很心疼，只是沒有表現出來而已。因此，每次我送泊瑟芬到碼頭搭船時，我也都很堅強的笑著跟她揮手道別呵！

希拉王后的蘋果樹

奧林帕斯王國有許多特定的節日，其中最熱鬧的節日就是蘋果節了。在這一天，王宮裡面的蘋果園紅通通的一片，數百棵蘋果樹上都結實纍纍；每一顆蘋果在陽光的照耀下，看起來鮮豔欲滴，好吃極了。

這是希拉王后親手種下的蘋果樹。她尚在人世的時候，澆水、施肥、除蟲都不假他人之手，每日親手照料；即使病魔纏身時，她仍然堅持自己照顧這些蘋果樹，連颳風下雨都無法阻止她。

「咳咳……」才剛澆完水，希拉王后就已經咳得趴在地上了。

宙斯看了很不忍心，把水桶接了過去，並遞出手帕，拍著她的背

對她說：「我的王后，妳身體不舒服，這些工作請園藝工人幫忙就好。」

希拉喘口氣，在一旁的大石頭慢慢的坐下來。牽起丈夫的手，她溫柔的說：「我敬愛的丈夫，從小我的家境不好，一直夢想著擁有一棵蘋果樹。你看看現在的我，穿著美麗的衣裳，還擁有一百棵蘋果樹。你覺得，為什麼我會有如此巨大的轉變呢？」

「因為妳是王后，整個國家的女主人！」宙斯說。

「所以，我今日能擁有這一切，都是人民給我的。」

宙斯當然知道；可是他不懂，這跟希拉拖著病體、要親手照顧這些蘋果樹有什麼關係？

「你每日勤奮工作，以服務作為對人民愛戴的回報；我一直在想，我可以為他們做些什麼？」希拉王后仰頭看著這些結實纍纍的紅蘋果，「一百棵樹，代表可以分送給王國內一百戶人家，這是我唯一能回饋人民的方式。」

宙斯王國笑著說：「妳果然與眾不同！傳說中的希臘天神希拉也

有蘋果樹，卻嚴禁他人摘採呢！」

蘋果樹終於可以收成了；每年到了收成這一天，王宮就會敞開大門，邀請所有居民入宮摘採；王后希拉過世後，這個傳統保持不變，人們都稱這天是「紀念希拉王后的蘋果節」。

在蘋果節這週，奧林帕斯食堂也會推出一年一度的特製料理——蘋果咖哩！連其他王國的百姓也會聞香而來。

每年到了此時，宙斯國王就會再度喬裝成漁夫到奧林帕斯食堂來。

「爐火婆婆，真是太神奇了！想不到，蘋果除了製作甜點之外，還能應用在料理中。」宙斯吃得津津有味，「蘋果的香氣與甜度，剛好能調和咖哩的重口味，吃起來很清爽。」

飯後，他好奇的問：「為什麼不做成甜點呢？這是一般人都會想到的料理方式。」

「這是希拉王后給我的創意呵！」爐火婆婆當年聽到一名王室的園藝工轉述希拉王后在蘋果園講的那一席話，內心有滿滿的感動；「王后大可以將人民給予她的榮耀與地位視為理所當然，希拉王后的思維卻如此與眾不同。」

「當時我就想，料理也可以如此。」爐火婆婆邊工作、邊回頭跟宙斯國王說：「一大鍋咖哩，只需要幾顆蘋果就有畫龍點睛的效果，這樣我才能跟所有其他王國的人一起分享，分享這份王后給我們的愛。」

宙斯國王聽了這番話後，低下頭，默默擦拭眼角的淚水，並在心中低語：「我親愛的王后，妳看到了嗎？妳的人民都很幸福呵！」

希拉王后的叮嚀

雖然出生在貧困的家庭，但我的母親常告訴我，我們並不需要擁有很多，只要能生活下去就要感到很幸運，多餘的可以跟別人分享。「分享會讓你更快樂呵！」母親常這麼說。我原本覺得分享就是失去——有兩片非常好吃的餅乾，卻要將其中一片分給別人，心裡會捨不得；但是，看到對方吃得很開心，自己也會快樂起來呢！你們也可以試試看，真的很神奇！

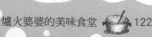

阿古士警長的生日

如果說誰是奧吉吉亞島上的守護神，那一定就是阿古士警長了！

希臘神話中的阿古士，傳說是一個全身上下都長滿眼睛的人，無論是額頭、下巴、胸膛、後背、手掌或是膝蓋、小腿，都長滿了眼睛；他有一個很神氣的綽號，叫做「百眼巨人」。據說，他連睡覺的時候，也不會閉上所有的眼睛，可說是一個二十四小時擁有三百六十度完美視野的人呢！

奧吉吉亞島上也有一個名為阿古士的人，他是島上的警長。雖然沒有一百隻眼睛，但他是一個又聰明、又敏銳的人；即使晚上睡覺時，只要有一點點風吹草動，他就會馬上醒過來。他認真又負責，維護奧吉吉亞島上所有居民的安全；在他努力的維護治安之下，這裡已經很多年不曾出現過盜賊或壞蛋了。

對國王宙斯而言，阿古士是他在國家治安方面的得意助手。

「好想送禮物給阿古士表達我的感謝！可是，這個警長一板一眼的，每次都不收我的禮物。」宙斯傷透了腦筋；他送過的所有獎賞，都被阿古士拒絕。

比如要幫他加薪，阿古士就會說：「我的薪俸足夠過生活，請把錢留給需要的人們吧！」

要送他一套嶄新的警察制服，阿古士會說：「我身上這套制服雖

然舊，但一點破洞也沒有，能穿就好。」

有一次，宙斯特地請人買來一只限量的手錶要送給他，還是被拒絕了；「這麼高貴的禮物，實在不適合配戴在我這個平凡人身上，請國王您收回吧！」

眼見這個讓他無後顧之憂、可以好好治理國家的警長生日快到了，宙斯因為不知道該送什麼禮物給他，感到好煩惱。

只要他心煩的時候，他就會喬裝成漁夫來到奧林帕斯食堂；在這裡，食物的香味總能令他感到幸福，而且爐火婆婆會很有耐心的傾聽客人的訴說。

「爐火婆婆啊，有件事情或許妳能替我想想辦法。」宙斯說。

爐火婆婆將宙斯最喜歡吃的麻油麵線裝進碗裡後，問他：「您有什麼苦惱呢？」

宙斯國王就將他的煩惱告訴了爐火婆婆。

爐火婆婆想了想，終於想到了一個好辦法！

「阿古士警長生日當天晚上，邀請他來我這兒吧！」

宙斯國王很相信她，沒有問她是什麼計畫就點頭同意；爐火婆婆也自那一天起，開始跟幾個來店裡的客人討論一件重要的計畫。

阿古士警長生日當天，在國王的邀約下，他來到了奧林帕斯食堂；一走入食堂，他嚇了一跳！

不僅國王，連阿波羅王子、阿蒂蜜絲公主，還有海洋工會的波賽頓都在現場，這些人可以說都是他的長官呢！

「您們怎麼都在這兒？」當他又疑惑又驚訝時，爐火婆婆小心翼翼的把灶臺上燒得熱燙燙的石鍋捧到他面前；阿古士低頭一看，熱燙燙的石鍋裡只有白飯而已。

接著，就像是早就排練了一樣，宙斯先走向前來，往石鍋裡放入醃得紅紅的泡菜，阿波羅放的是黃澄澄的雞蛋絲，阿蒂蜜絲則是放下胡蘿蔔絲，連洛洛都來放下一把豆芽菜，最後則是波賽頓鋪上美味的海苔絲做結——一碗美味的石鍋拌飯完成了！

此時，宙斯代替大家開口了：「親愛的阿古士警長，謝謝你保護了這個國家的每一個人，這是我們各自的一點小心意，祝你生日快樂！我想，你該不會連這麼點祝福都婉拒吧？」

阿古士從錯愕中逐漸展露笑顏，開玩笑的對他們說：「我才不想因為一頓晚餐，就惹惱了我所有的長官呢！」

大家被他逗得哈哈大笑。這一晚，也成了阿古士最平凡又最非凡的一夜。

阿古士的小叮嚀

據說，希臘神話中的百眼巨人阿古士往生之後，天后希拉就將他的一百隻眼睛放在孔雀的尾巴上；因此，每當孔雀開屏時，我們就能看到許多個如眼睛般的圖案。我的生日禮物石鍋拌飯，用許多不同顏色的食材組合而成，就像孔雀開屏一樣的繽紛，既好看又好吃，還包含著許多人的祝福，你們一定也要試試看呵！

船長海力克士被征服了

無論是在哪一個城邦，若提起海力克士這個名字，沒有人不知道他是誰。

希臘神話中，有一位英雄也叫海力克士，他是一位鼎鼎有名的大力士，完成了十二項艱鉅又困難的任務；對當時的人來說，他就像天神一樣的偉大英勇。

不過，這裡說的海力克士是一名船長；他之所以有名，是因為他在十歲時就學會操控大型輪船，二十歲當上船長；今年才四十歲，就已經遊走完全世界的城邦！目前還沒有人突破他的成就。

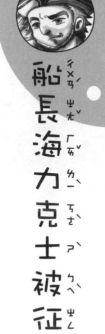

自從二十歲擁有自己的船後，他就離開家鄉奧林帕斯王國，直到前一陣子完成走遍全世界城邦的目標後，才帶著兒子阿瑞斯回到這裡定居。

他回來之後，不斷受到熱情邀約；每個邀請他到家中作客的人都知道，要宴請海力克士，只要準備豐富的海鮮及肉食就對了。

有一天，喜愛美食的他聽說奧林帕斯食堂的料理很美味，便開心的想：「今天釣到一尾肥美的大魚，就帶去請老闆娘為我料理吧！」

於是，他拎著一條肥大的魚，嘴裡哼著歌，循著朋友告訴他的路線往奧林帕斯食堂漫步走去。

走進食堂，他一把就將那條魚甩上料理臺，對著爐火婆婆說：

「隨便妳怎麼料理，內臟部分我已經先清理乾淨了。」

爐火婆婆一看見那條開腸剖肚的魚，紅潤的臉瞬間慘白，雙腿發軟；要不是洛洛在後面撐著她，恐怕她就要暈倒了。

「這位客人，對不起，爐火婆婆是不煮葷食的。」洛洛解釋說，「她一看到被殺的動物就會暈倒，所以我們食堂一向是料理蔬食。」

海力克士一聽，臉都垮下來了：「不煮葷食？沒有魚肉的餐點哪會好吃！」

等其他客人幫爐火婆婆把魚移走、並協助將料理臺清理乾淨後，爐火婆婆才終於恢復些許力氣。她告訴海力克士：「你是鼎鼎有名的海力克士吧？你去過那麼多城邦，應該品嘗過不少料理，蔬食料理也有美味的啊！」

海力克士不以為然的說：「蔬食料理就是少了肉類的口感，我一點也不喜歡。」

洛洛一聽，不禁怒從中來：「那是因為你沒有吃過婆婆煮的料理！」

「哈！小朋友，我去過全世界所有的國家，吃過那麼多美食，我說蔬食不好吃就是不好吃！」

洛洛氣得咬牙切齒，爐火婆婆卻一點也不以為意，平心靜氣的說：「我剛煮好一鍋食堂裡最受歡迎的湯，你願意品嘗看看嗎？或許會對蔬食料理的印象改觀呵！」

「好吧，我也餓了，就姑且試試看吧！」海力克士一屁股坐下來，連軟墊也不需要，坐姿相當豪邁。其他客人都替爐火婆婆擔心，要征服這個男人恐怕不是一件容易的事情。

當海力克士一看到爐火婆婆端上來的的湯，不禁笑了出來：「麻油煮的湯？如果沒用雞肉，根本就不好吃！」

他用湯匙一撈，發現有幾塊像是雞肉的食材，他試著咬下一口，有些疑惑的說：「這口感……好像是雞肉？」

洛洛在一旁解釋：「那不是雞肉，是一種菇類，叫做猴頭菇；不僅口感絕佳，還是菇中之王，營養價值完全不輸給肉類！」

海力克士像是忘了之前說的話，很快就把那一碗湯吃完，甚至要求再來一碗。

在結完帳要離開之前，海力克士鄭重的向爐火婆婆道歉：「請您原諒我剛才的失禮。」

他不好意思的搔搔亂髮說：「神話中的海力克士是英雄，我一直以為自己跟他一樣，沒有人可以征服我；不過，今日我被您的料理征服了。」

爐火婆婆開玩笑的對他說：「只要你別再帶著死魚來，我隨時都歡迎你光臨！」

海力克士的小叮嚀

我是一個海上男兒，也跟傳說中的海力克士一樣是個勇士；我對勇士的印象就是要大口吃肉、喝酒，吃蔬菜感覺很沒男子氣概。不過，有這種想法是因為我太膚淺了，沒想到蔬食也可以那麼好吃！我去奧林帕斯學園圖書館翻閱相關書籍，驚訝的發現，許多蔬食的營養成分甚至比肉類還要高呢！雖然我走遍了全世界，但知識的世界更是無窮盡啊！

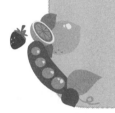

擺渡船夫卡戎的煩惱

奧林帕斯是一個水資源豐沛的王國，除了四面環海之外，還有一條由南到北貫穿整個王國的河流，名為勒特河。

這條長長的河流上只有一座橋梁連結東岸與西岸；因此，當離橋較遠的人們從想來往東西岸，便會付一點點錢請船夫卡戎載他們過河。

因為太陽很大，所以卡戎經常穿著一件黑色的斗篷外套。他一整天都在划槳，消耗很多體力；此外，為了及時把搭船的人送到對岸，也沒有太多時間吃飯，所以卡戎非常瘦，模樣顯得有些可怕，而且他不太愛講話。很多小孩甚至會在背後偷偷叫他「死神」呢！

不過，認識卡戎的人都知道，其實他非常善良，不愛講話只是因為他不善於言詞表達而已。

卡戎每天都會免費載一位老奶奶過河。老奶奶的丈夫生病了，需要住院好長一段時間；他們家住在東岸，醫院卻是在西岸。雖然卡戎的收費不多，但是先生的醫療費及住院費用沉重，讓老奶奶連搭船的費用都付不出來；那座唯一的橋梁離她家非常遠，她要到醫院照顧先生，一定要搭船才可以。

卡戎知道之後，就熱心的對老奶奶說：「老奶奶，沒關係，我可以免費載您過河。」

「喔！你真是一位善良的人啊！」原本擔憂不已的老奶奶喜極而泣，每天都向上天祈禱：「天神啊！願您祝福這麼一位心地善良的人。」

老奶奶每天都沒有付錢就搭船，讓她覺得非常不好意思；因此，便常帶一些自己拿手的醃漬品送給卡戎，像是梅子、鹹菜或是菜脯等；「每天都坐你的船，這是我小小的心意，請你務必收下，不然我會過意不去的。」

眼見奶奶那麼熱情，卡戎實在很不好意思拒絕；「但是，我又不會煮飯，該拿這些東西怎麼辦才好呢？」他非常苦惱。

天黑之後就是卡戎的休息時間；因為河面很暗，摸黑划船是很危

險的事情。有天晚上，卡戎前往奧林帕斯食堂用餐，爐火婆婆遞來一盤小菜請他試吃，他不禁嘆了一口氣，並將這個煩惱告訴爐火婆婆。

爐火婆婆一聽，腦筋動得很快的她馬上就有了法子！

「卡戎，你平時划船的時候，都用什麼當早餐跟午餐呢？」爐火婆婆問。

卡戎想都不用想，他每天的早

餐跟晚餐都是一樣的食物：「麵包！吃那個最方便了。所以，老奶奶給我那些醃漬品，我根本不知道該如何是好。」

「其實，煮飯不像你想像中那麼困難。」

「不，我根本沒時間上街買菜；即使有時間煮，在船上晃啊晃的，吃便當也不方便。」

爐火婆婆笑了笑，轉身從飯鍋裡挖了一杓飯，再將卡戎面前的那疊小菜捏進飯裡面，捏啊捏，一個飯糰就完成了！

「你看！這不是很容易嗎？」爐火婆婆對卡戎說，「以後，你出門之前，只要煮一鍋白米飯，再把老奶奶給你的醃漬品捏進飯糰裡，就是一道美味又營養的餐點嘍！」

卡戎恍然大悟的看著爐火婆婆剛捏好的那顆飯糰，讚歎的說：

「婆婆您真是太聰明了！」

「況且，」爐火婆婆繼續說，「老奶奶會給你不同口味的醃漬品，等於是替你變化不同口味的飯糰呢！」

有了爐火婆婆的聰明建議，從此之後，卡戎每天都好期待：「不知道老奶奶今天會帶什麼醃漬品給我呢？」

卡戎的小叮嚀

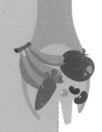

我的名字是卡戎；小時候，幫我命名的爺爺告訴我，我跟希臘神話中冥王的船夫同名。在希臘神話中的卡戎，是負責把死者運送過冥河的船夫；如果這些死者沒有通過冥河，他們就沒有辦法前往冥界了。聽了這個故事之後，我就默默的在心裡面想，長大之後我也要做一位船夫，幫助大家去他們想去的地方！小朋友，你們長大後想成為怎樣的人呢？

醫生阿基里斯的弱點

「唉唷！我的肚子好痛，阿基里斯醫生請幫幫我！」

「我的孩子好像感冒了，阿基里斯醫生，請幫她看一下。」

「阿基里斯醫生，請過來看看這位患者；他剛剛從船上下來時不小心絆倒，好像骨折了！」

這裡是奧林帕斯王國唯一的醫院，每天都好忙碌。阿基里斯醫生是這間醫院裡醫術最高明的醫生，而且非常細心，總是能找出病症並加以治療；他也很有耐心，從來不會因為病人太多而不耐煩，因此深受所有患者信賴。

但是，求助他的病患實在太多，阿基里斯醫生常因此錯過用餐時間。

「醫生，該吃中餐了。」護士們都很擔心他，常叮嚀他要記得用餐。

阿基里斯最常回答的是：「好好好，我看完這名患者就去吃飯。」不過，當他眼前的患者離去後，他又馬上呼叫下一位患者進來，一個接著一個；等到終於有點空檔時，往往都已經超過用餐時間兩、三個小時了。為了怕下一個患者等太久，即使終於提起筷子吃飯，他也都吃得很快，沒有好好咀嚼就把食物吞下去。

很多人都跟他說：「醫生，你這樣會搞壞自己的胃呵！」

阿基里斯自己身為一名醫生怎麼會不知道呢？可是他也無可奈何；「患者們來到醫院，是因為他們的身體真的很不舒服；我不想讓他們等待，希望可以趕緊舒緩他們身體的不適。」

他就是一位這樣的好醫生。但是，時間一久，因為飲食不正常，他的胃終於忍不住跟他抗議了。

「唉呀！好疼啊！」阿基里斯開始胃痛，每次一痛起來，連為病人看病都沒有力氣。

有一天，爐火婆婆帶著感冒的洛洛來醫院看病；在候診時，她看見阿基里斯醫生抱著肚子、表情痛苦的走過她面前。於是，爐火婆婆上前關心的問：「醫師，你還好嗎？」

他抬起頭來，已經痛得冒了冷汗，他還是很堅強的說：「沒事，只是胃不太舒服，等一下吃顆胃藥就會好多了。」

爐火婆婆皺皺眉，問：「你每次胃痛，都是靠吃藥緩解嗎？」

「是啊！」阿基里斯覺得這個問題實在很奇怪，「生病就是要靠吃藥緩解症狀，這有什麼問題嗎？」

「我有一個比胃藥還厲害的藥方呵！你找一天到我的食堂，我再告訴你！」爐火婆婆語帶玄機的說。

就這樣，兩個人約好時間，阿基里斯也特地排好假，前往奧林帕斯食堂。他心想：「我倒是要看看，是什麼祕方比胃藥還厲害！」

他在約定的時間來到食堂，爐火婆婆也抓準時間完成料理，並端到他面前。

阿基里斯疑惑的看了一看，說：「這是一種名為秋葵的蔬菜，不是藥啊？」

「這道涼拌秋葵，只是將秋葵煮熟再淋上醬油而已。雖然是道再簡單不過的菜色，但是秋葵是一種對胃很有幫助的蔬菜呵！」爐火婆婆發出她慣有的呵呵笑聲，耐心的向他解釋：「大自然中有很多食材都是對人體有幫助的，人們把這個稱為『食療』。以你的狀況，你還要搭配按時吃飯以及細嚼慢嚥，才能達到最良好的功效，懂嗎？阿基里斯『病人』。」

爐火婆婆的一番話，讓阿基里斯肅然起敬，露出佩服的表情說：

「是的，爐火婆婆醫生！」

阿基里斯的小叮嚀

希臘神話中，阿基里斯因為母親將他泡入冥河裡，讓他全身有如銅牆鐵壁般刀槍不入，唯獨被母親握著的腳踝沒有泡到冥河水，而成為他唯一的弱點。跟這位希臘英雄同名的我，弱點大概就是胃吧！雖然只是一個小弱點，如果不去理會的話，也會讓我痛苦難耐啊！你們千萬不能像我這樣，要乖乖的吃飯，細嚼慢嚥呵！

編織家阿拉克妮的配色藝術

在奧林帕斯王國有一個天賦異稟的藝術家，就住在葡萄園旁邊。這個藝術家名叫阿拉克妮，很擅長編織；不只是編織小飾品、衣服而已，她還會編織畫作，每一幅用絲線編織出來的畫都栩栩如生。如果她編織一座動物園，看畫的人會以為裡面的那隻獅子是真的獅子；如果她編織一幅海底世界，就會覺得畫作裡的海草好像真的會飄動。

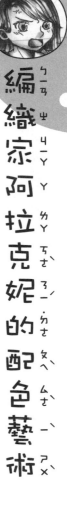

可惜的是，阿拉克妮有自己的堅持，就是她只用黑線跟白線織畫，很多客人都希望她編織彩色的畫作，但都被她拒絕了。

「阿拉克妮，妳可以幫我編織一幅肖像畫嗎？」有一天，一位富家千金來訂製掛畫，希望阿拉克妮可以為她編織一幅屬於自己的肖像畫；以她高超的手藝，相信這幅畫作若能掛在自家客廳，一定可以吸引所有來訪客人的目光。

「當然沒問題！」阿拉克妮很爽朗的答應了。對別的編織家來說，人物是最困難的編織工法，尤其是臉上的神韻，很難精準呈現；但對她來說，那就像是素描一顆蘋果般簡單。

千金小姐喜孜孜的留下豐厚的訂金，就開心的離開了。等到約定拿畫的日期，千金小姐充滿期待的走入阿拉克妮的編織工坊；「阿拉克妮小姐，我來取畫了。」

「就在這兒，您看看。」

阿拉克妮很有信心的將畫作攤開來，那一絲一線都是用最好的材料，她肯定千金小姐一定會喜歡。豈知，千金小姐一看，臉上的笑容不見了，反而怒氣沖沖的抱怨：「哪有人肖像畫是用黑白的？看起來多麼不吉利啊！」

阿拉克妮聽了，也氣呼呼的說：「又是一個不懂得藝術的人！黑色跟白色才是最純粹的顏色，用其他五顏六色的絲線編織，實在是太庸俗了！」

於是，千金小姐取回訂金，不悅的離開，阿拉克妮也非常生氣的銷毀了那幅畫。

「大家都不懂得什麼叫做藝術！真是氣死我了！」阿拉克妮心煩

的在編織工坊走來走去，直到晚餐時間還無法平復情緒。「今天晚上出去吃飯好了！爐火婆婆的餐點總是能讓我心情變好。」

於是，她來到了奧林帕斯食堂，並且向爐火婆婆大吐苦水。

爐火婆婆聽了之後只是點點頭，笑了笑的說：「為了讓妳開心一些，今天婆婆為妳特製一道祕密餐點吧！」

聽到是祕密的特製餐點，阿拉克妮終於露出笑容，非常期待。不一會兒，爐火婆婆就料理好了，那是一盤紅蘿蔔炒蛋。

「哇！是紅蘿蔔炒蛋！基本上我是不吃紅蘿蔔的，總覺得有一股奇怪的泥巴味；不過，如果加入雞蛋，那就完全不同了，雞蛋的味道會讓紅蘿蔔顯得鮮甜呢！」她開心的拿起筷子，一口又一口的品嘗，吃得不亦樂乎。

爐火婆婆勸她吃慢一點，免得嗆到，還一邊問她：「阿拉克妮，妳看這道菜除了煮得好吃之外，還有沒有其他優點？」

阿拉克妮很快就回答：「當然有！您看這道菜又紅又黃的，真是鮮豔又漂亮的配色啊！」

爐火婆婆呵呵的笑著說：「沒錯，烹飪重視的是色香味俱全；香氣跟味道固然重要，但顏色才是吸引人們的第一印象。」爐火婆婆慈祥的告訴她：「就像客人期待妳的畫作擁有繽紛的色彩，其實他們也沒有錯，不是嗎？」

這番話讓阿拉克妮反覆思索了好幾天。從此之後，她開始接受彩色畫作的訂單，生意因此變得越來越好，她也不再是人們口中那個「難相處的藝術家」了。

阿拉克妮的小叮嚀

希臘神話中的阿拉克妮就是因為太過驕傲，以為自己的編織工法比女神還厲害，所以被女神變成世界上第一隻蜘蛛作為懲罰。有自己的堅持當然很好；但我想，我就是太驕傲了，以致於聽不進別人的建議；其實這對自己也是一種傷害，會不知道如何進步或其他可能性。小朋友們千萬不要像我這樣，要聽取別人的建議，才能學到更多呵！

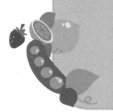

舉重選手阿特拉斯重新出發

「阿特拉斯，加油！你可以的！」競技場上充滿了眾人的歡呼聲，幾乎所有人都是來替阿特拉斯加油的。

阿特拉斯，是奧林帕斯王國最厲害的舉重選手；他不僅締造了奧林帕斯王國兩百多年來的最新舉重紀錄，更連續十年都拿下舉重比賽冠軍，沒有任何人可以與他匹敵。

「宙斯國王，您看這一次舉重大賽的冠軍會是哪一位呢？」在擁有最好視野的看臺上，一位大臣這麼問宙斯。

宙斯撫了撫他那一把長長的白色鬍鬚說：「身為國王，應該要支持所有的選手才對；不過我認為，阿特拉斯的狀態看起來很不錯，今年他應該還是會蟬聯冠軍吧！畢竟他的名字叫做阿特拉斯呢！」

大臣聽了心有所感的點了點頭。

因為，在這個王國裡許多人都取了和希臘神話人物一樣的名字，所以都知道宙斯國王在說什麼。

在希臘神話中，阿特拉斯是泰坦族巨神之一；當泰坦巨神們被奥林帕斯天神們打敗之後，他被宙斯懲罰要永遠支撐著天空；因為，如果沒有人支撐天空，天空就會掉下來，壓毀大地上一切的生命。支撐天空是一件很累人的事，因為天空很廣大也很沉重；因此，人們又稱這位天神為「擎天神」。如果說誰是這個世界上最有力氣的人，那一定就是阿特拉斯了。

正當大家都為他加油的時候，阿特拉斯突然放下手中的槓鈴，痛苦萬分的跪倒在地上，左手一直抓著右手，表情非常痛苦。

「醫護人員在哪兒？快點到臺上來！」裁判大聲吶喊，醫護人員們急忙拿著醫藥箱跑到臺上去，看臺上的所有人也緊張得站了起來，現場頓時一片混亂，比賽也因此暫停。

這一次意外事件之後，阿特拉斯就沒有辦法再上場比賽——因為他的肌腱斷了！醫生告訴他，若是再繼續舉重，他的手可能一輩子都無法恢復正常。

全國人民都為他感到難過，阿特拉斯也變得非常頹喪：「我的

人生已經沒有意義，我是一個殘廢的人……」每天，他都這麼喃喃自語，把自己關在家裡，拉上窗簾、關上大門，把自己藏在黑暗中。

爐火婆婆是阿特拉斯的表親，非常擔心他。有一天，她在門口貼上「休息中」的告示，然後提著一個籃子往阿特拉斯的家走去。

她敲了不知道多久的門，阿特拉斯才來開門。一看到他，爐火婆婆嚇了一跳，因為他滿臉鬍子，而且氣色非常不好。進了屋子之後，她掀開手中的籃子說：「來，這是你最愛吃的烤玉米，一定能振作你的心情。」

阿特拉斯不禁流下眼淚：「每一次我比賽之前，都會吃一根烤玉米；現在看到烤玉米，我就會想到我永遠無法上場比賽了……」

爐火婆婆拍拍他的肩膀說：「今天的烤玉米不一樣。你看，是紫玉米呵！有些玉米粒是白色的、有些紫、有些黃，也有些像灰色的；可是它們吃起來的味道都一樣，既香甜又有嚼勁，越咬越香。」

阿特拉斯沮喪的說：「無論多好吃，我都不想再吃了。」

「你還不懂嗎？這個烤玉米就是你啊！」

阿特拉斯聽得一頭霧水，為什麼玉米會是他呢？

爐火婆婆解釋說：「你上場比賽時，就是一個大力士；若是無法比賽，也已經是大家心中的英雄，還可以發揮所長，到學校去傳承你的舉重經驗給想學的孩子們。就像這個烤紫玉米一樣，即使有好看跟不好看的顏色，嘗起來還是一樣美味。」

說完，爐火婆婆就放下提籃，回到奧林帕斯食堂準備開張。幾個星期後，奧林帕斯學園來了一位新任的體育老師，孩子們都叫他——阿特拉斯教授。

阿特拉斯的小叮嚀

人生一定有挫折；一直都很優秀的人突然遇到挫折時，就會覺得更難受。不過，與其花力氣傷心難過，不如將這些力氣用在振作起來，才有機會開創美好的未來呵！

充滿耐心的陶藝家蓋婭

在奧林帕斯食堂有許多常客；不過，如果要頒發全勤獎的話，大概就非蓋婭莫屬了。

每天，蓋婭都固定在晚上八點鐘踏入食堂，這個時候的奧林帕斯食堂已經是高朋滿座。其他客人的晚餐時間大約是六點到七點，八點時大家差不多已經吃飽，便喝著茶水閒談聊天。

「爐火婆婆，我來了。」蓋婭在八點準時抵達。

「妳來啦！」爐火婆婆馬上遞給她一杯白開水，並說：「還是一樣的料理吧？要等我半個鐘頭呵！」

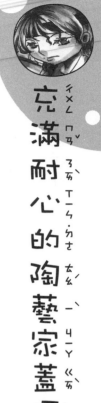

蓋婭喝了一口白開水，笑著說：「當然，沒問題！」

這天，宙斯國王也剛好在這兒；因為公文都處理好了，隔天一早也沒有重要的行程，因此他想在食堂裡待晚一點，跟大家聊聊天。這是他第一次待到那麼晚，也是第一次見到蓋婭。

聽到她們的對話，他好奇的問爐火婆婆：「是什麼樣的料理，需要花到半個小時烹煮呢？」

爐火婆婆笑著走到廚房後頭，走出來時手中捧著一顆大南瓜。

「是南瓜燉飯，是蓋婭最喜歡吃的料理。」爐火婆婆細心的將南瓜削皮、切片，等炒鍋中的油熱了之後，將南瓜片倒下去翻炒，炒出香氣後，往裡頭淋了一些水與牛奶，蓋上鍋蓋。等南瓜煮得熟透、軟爛了，再從米桶裡面舀出適量的白米加入，又倒了一些開水，不斷的翻炒熬煮；等到水分被米飯吸乾，再倒一點點水下去，繼續翻炒熬煮。這樣的動作反覆了好幾次，終於將白米煮熟。

最後，爐火婆婆撒上一些義大利香料跟黑胡椒粉，以及一點點鹽巴調味，一道香噴噴的南瓜燉飯就完成了。

從切南瓜到燉飯完成，剛好過了半個鐘頭；這時候已經八點半，蓋婭才正要吃下她的第一口晚餐。

宙斯心裡有許多問題，於是他問爐火婆婆：「為什麼不用煮熟的白米飯下去煮？這樣不是比較快嗎？」

爐火婆婆說：「如此一來，米飯就不能充分吸收南瓜的甜味與牛奶的香味。」

宙斯再問：「為什麼不一次倒多一點水下去悶煮？」爐火婆婆回答：「如果水量沒有抓準，米飯可能會過於軟爛，就不好吃了。」

這些問題讓宙斯學了一課：「看來，煮這道料理，必須要非常專注又有耐心呢！」

宙斯還有最後一個問題，不過這個問題是問蓋婭：「妳那麼晚用餐，為什麼不點一些可以迅速完成的料理呢？等待半個鐘頭，一定餓壞了。」

蓋婭跟爐火婆婆四目相交，兩人很有默契的給對方一個笑容。

「老先生，您知道我是誰嗎？」蓋婭說。

「我當然知道，妳是奧林帕斯最優秀的陶藝家！」王國很小，宙

斯幾乎認識所有子民；更何況，他也有收藏蓋婭的陶藝作品呢！

「很久以前，當我還是一名學徒的時候，我曾想要放棄陶藝；因為，要拉出一件漂亮的陶藝作品，必須要很細心，也要有足夠的耐心；可是我是個急性子，總是做不好，我以為自己沒有這方面的天分。

「當我很挫折的時候，爐火婆婆就煮了這道料理給我，當時我跟您有一樣的疑問；爐火婆婆藉由這道料理告訴我，當耐心與細心俱足，就一定能做出令人驚艷的作品！」

宙斯聽了，覺得非常感動，便起身向爐火婆婆行了一個舉手禮，感恩的說：「謝謝妳，讓我們的王國誕生一位優秀的藝術家！」

蓋婭的小叮嚀

蓋婭在希臘神話中是大地之母，孕育眾生。大家知道嗎？大地在一開始也是寸草不生，是經過幾千、幾萬年，才成為現在如此生機蓬勃的面貌。許多事情完全急不得；倘若半途而廢，就永遠都不可能辦到了。努力、堅持與耐心，是邁向成功的第一步！

巫女梅杜莎的頭髮

午後四點，洛洛從學校回家了。一反往常的，他今天進門時沒有大聲、又有朝氣的說：「我回來了！」反而默默的打開門走進來，走入廚房把書包放下，過程中一句話也不說，而且表情很凝重。

「洛洛，怎麼啦？在學校跟同學吵架了嗎？」爐火婆婆在準備晚餐的食材，看見一向開朗的洛洛悶悶不樂，她不禁停下洗菜的工作，走到他旁邊關心的問。

「不是，我沒有跟同學吵架。」洛洛是班上的開心果，大家都很喜歡他；「可是，今天我看到班上同學在嘲笑巫女，我很替巫女難過。」

「巫女？」爐火婆婆想了想，說：「你是說住在勒特河下游的梅杜莎巫女嗎？」

梅杜莎是奧林帕斯王國唯一的巫女，她會一點傳統醫術，但主要的工作是祈求王國的平安，並且祈禱風調雨順、四季豐收，工作有一點像是祭司。對許多人來說，她是一位值得崇敬的巫女。

「對，就是她。」洛洛難過的說了今天早上在學校發生的事情——

那是下課時間，很多人到操場去玩，也有一半的人留在教室聊天；不知道是誰先開了口，提起巫女梅杜莎。

「那個巫女梅杜莎，大家不覺得她長得很可怕嗎？尤其是她的頭

髮，一束一束捲捲的，就像是一條一條的蛇，跟希臘神話中的梅杜莎一樣令人害怕！」

「沒錯沒錯！而且，巫女不是都會害人？或許她也會偷偷施法陷害別人！」另一位同學附和的說。

洛洛在一旁聽了覺得很不舒服；他認識巫女，知道她是一位好人。於是他幫巫女說話：「你們別胡說啦！小時候，只要我做惡夢，爐火婆婆就會帶我去巫女那裡，讓巫女將我的惡夢趕跑，我就不會做惡夢了。她是一位很善良的女士。」

「你看吧，她就是會一些奇奇怪怪的法術；她又長得那麼可怕，難保她不會害人。」同學又這麼說。

洛洛講完這一段早上發生的事情，心情更沉重了；「該怎麼做，才能讓大家知道巫女是好人呢？」

爐火婆婆想了想，很快就有好點子：「明天下課之後，請同學們到食堂來一趟吧！我有好法子！」

隔天，洛洛帶了同學們回到食堂，爐火婆婆早就等著他們了。

「你們來啦！快挑自己喜歡的軟墊子坐下，婆婆今天試做了一道小點心，想請你們嘗嘗味道，好嗎？」

大家開心極了，他們是第一個品嘗爐火婆婆新菜色的人呢！大家都引頸期盼，究竟是什麼料理呢？

大家都坐好後，爐火婆婆端出一個玻璃大盆，裡面有一條一條的東西；大家仔細一看，才發現原來是螺旋義大利麵。

有個同學說：「不仔細看，還以為是毛毛蟲呢！」

大家聽了都哈哈大笑，爐火婆婆也笑了，並跟大家解釋：「這是螺旋義大利麵沙拉；除了義大利麵之外，還加了馬鈴薯、玉米粒跟紅蘿蔔，再加一點美乃滋拌一拌就完成嘍！」

說聲開動，大家吃得不亦樂乎。

原本說像毛毛蟲的同學還說：「果然不能以貌取人，還真好吃！」

爐火婆婆向大家俏皮的眨眨眼說：「是啊，我們不能以貌取人嘛！就像梅杜莎，她的頭髮雖然看起來可怕，她的心卻跟你我一樣善良呵！」

大家沉默了好一會兒，像是因為這番話而有所體悟，其中一位同學說：「我想，我們應該找個時間去拜訪梅杜莎，好好的認識她，不應該因為她的外表而誤會她！」

梅杜莎的小叮嚀

在希臘神話中，梅杜莎原本是一位很美麗的女子；後來因為被詛咒，她的頭髮才變成一條條的蛇，使得大家都很怕她。其實，很多人的樣貌雖然看起來可怕，但我們不能以貌取人；或是聽別人說他不好，就認定他是壞人。對一個人的瞭解，必須實際的去親近他、認識他，或許會發現，對方是值得交往的人呢！

禮儀師桑納托斯的淚水

一個剛滿五歲的小男孩在公園裡追逐著天空的小鳥，他邊看天上邊跑，沒有留意地面上有許多石頭，一不小心就被石頭絆倒了。膝蓋破皮了，手肘也流血了，他坐在地上哇哇大哭了起來。此時，陪他一起到公園的父親朝他走了過來；他原本以為父親會過來把他抱起來，並且安慰他。

他哭著朝父親伸直了手說：「爸爸，我的腳好痛，手也好痛，我要抱抱……」

可是，身為職業軍人的父親沒有扶他起來，反而嚴厲的說：「你是男孩子，跌倒了就要自己爬起來！」

他聽了之後哭得更大聲了，可是父親一點也沒有因為這樣而心軟，反而更生氣的說：「桑納托斯，你是男孩子，不可以只是一直哭，那無法解決任何事情！」

咕咕咕！咕咕咕！

一陣雞叫聲，把正在睡夢中的桑納托斯叫醒了。他揉了揉眼睛，剛剛那幕夢境還停留在腦海裡。他一邊起身、一邊喃喃自語的說：

「竟然夢到自己小時候的事情……」

他開始刷牙、洗臉，並且穿上他那一套工作制服，再戴上白色手套——這是他工作時的打扮。他並沒有追隨最尊敬的父親，從軍報效國家；反而是做了一份截然不同的工作——禮儀師，也就是替死者送別的工作。

在希臘神話中，「桑納托斯」正好是死神的名字。

他替死者淨身、換上乾淨的衣服，偶爾也幫他們化妝，讓他們失去血色與溫度的臉龐看起來跟生前一樣。

他的工作總是在接觸死亡；可是，無論家屬哭得有多難過，來送別亡者的人有多傷心，桑納托斯都不會掉眼淚。

曾有人問他：「看了那麼多悲戚的場面，難道你都不會悲傷得想哭嗎？」

桑納托斯都說：「不會，因為我是男生，不能哭。」

其實，他的心很柔軟，每次看到喪禮上大家傷心難過，他也會感到不捨，也會想流淚；可是，從小爸爸就告訴他男生不可以哭，因此他都會強忍住淚水。

有一天，工作結束了；又是漫長的一天，為了要忍住哭泣，他的頭好痛。來到奧林帕斯食堂用餐時，頭還在隱隱抽痛，非常不舒服；不只生理疼痛，長期的壓抑情緒，也讓他覺得心裡很不快樂。

爐火婆婆心思很細膩，看見桑納托斯這麼壓抑，一直覺得很心疼，卻沒有法子幫助他、開導他。剛好，隔壁人家今天送來一罐親手做的菜脯，讓她有了個想法。

「桑納托斯啊，今天婆婆為你加菜，慰勞你一天的辛勞！」

「太好了！謝謝婆婆。」其實，桑納托斯因為頭痛而沒有什麼胃口；不過爐火婆婆開始烹調時的香味，還是讓他的肚子咕嚕咕嚕的叫起來。

「這個味道……您是在炒菜脯嗎？」

「你的鼻子真靈呢！」爐火婆婆將菜脯炒出香氣後，拿出一個碗打入雞蛋，並用筷子將雞蛋打散，再緩緩倒入有著菜脯的炒鍋裡，煎出一盤金黃漂亮的菜脯蛋。

桑納托斯一口接著一口，菜脯鹹鹹的滋味跟雞蛋的溫潤口感，融合得恰到好處。他說：「菜脯單吃太鹹；但是，一加入雞蛋就好美味。」

「就跟人生一樣。」爐火婆婆看著他說，「人生不是只有勇敢、甜蜜與正向，而是跟料理一樣有酸甜苦辣。我們不能逃避任何一種人生滋味，而是要細細品嘗，融入自己的人生當中。如此一來，才能成為一個瞭解什麼是人生的人。」

爐火婆婆拍拍桑納托斯的肩膀說：「所以，如果你感到悲傷，就哭出來吧！淚水也是一種人生的滋味啊！」

那晚，桑納托斯在奧林帕斯食堂哭了許久許久……

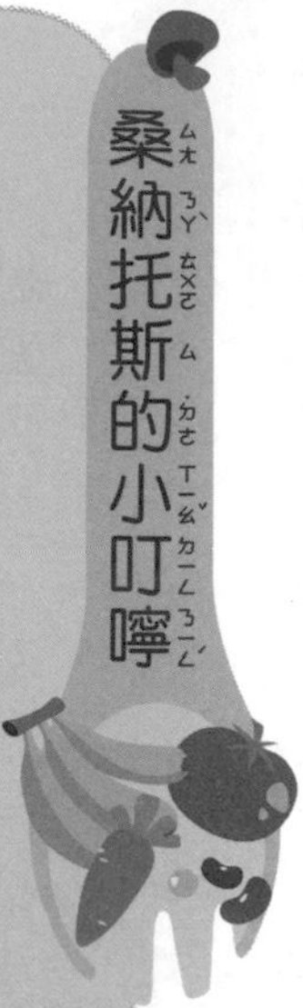

桑納托斯的小叮嚀

我的父親要我不能哭泣；我想，他不是要我不能悲傷，而是希望我在悲傷之後能夠自己堅強的站起來，去面對、解決眼前的困境，而非一直沉浸在傷心的情緒裡。所以，小朋友們，哭泣不是丟臉的事情；不過，在哭泣之後，一定要堅強起來，告訴自己要突破困境！

溫暖的氣象主播伊麗絲

「婆婆，快看！是伊麗絲氣象主播耶！」洛洛津津有味的看著電視，彷彿正在播著非常有趣的卡通；不過，實際上只是氣象新聞而已。

「呵呵，你好喜歡彩虹女神，每天都準時看她播報氣象。」私底下，他們都以「彩虹女神」稱呼伊麗絲——希臘神話中的伊麗絲就是彩虹女神。

「因為伊麗絲主播都會說很多氣象的小故事；而且，她不是在攝影棚內錄氣象新聞，都是走到戶外，真的很有趣。」

比如，此時伊麗絲主播正站在湖邊，拿著麥克風說：「各位親愛

的觀眾，今天的天氣是晴時多雲偶陣雨。雖然一下子出太陽、一下子下雨，我們必須要一下子撐傘、一下子收傘，實在很麻煩；但是，從另一方面來看，這也是非常迷人的天氣。」

伊麗絲用沒有拿麥克風的右手往湖面上一指，鏡頭也順著往那兒拍攝，一道美麗的彩虹像一座橋梁似的跨在湖面上，非常美麗。伊麗絲說：「這種天氣就很容易有彩虹出現，是不是很美麗呢？所以，晴時多雲偶陣雨的天氣也是很迷人的，不是嗎？」

伊麗絲是一個二十八歲的美麗女子，有著一張很和善的臉龐；不是絕頂大美女，而是像鄰家大姊姊般的親切可人。重要的是，她的想法是那麼樂觀與正向，讓每一個看她播報新聞的人都覺得充滿能量。

伊麗絲也是奧林帕斯食堂的常客，經常在播報新聞結束之後，到食堂喝一碗玉米濃湯。

「爐火婆婆，您煮的玉米濃湯真是太好喝了！」伊麗絲一口接一口；雖然湯很熱，她卻總在喝下一口之後，迫不及待的想再喝下第二口。

「我用馬鈴薯取代太白粉，增加湯的濃稠感，這樣比較健康。」

爐火婆婆很重視健康，有些料理需要勾芡時，她都盡可能用天然食材取代太白粉。

洛洛寫完功課後出來幫忙，正巧看見他喜歡的伊麗絲主播，不禁跑著、跳著來到她身邊說：「伊麗絲姊姊，可不可以請教您一個問題？」

伊麗絲完全沒有主播的架子，也希望大家把她當成是一般人對待，所以相當大方的答應：「當然！你想問什麼呢？」

「妳以前的志願就是想成為一名氣象主播嗎？」

伊麗絲爽朗的笑著說：「當然不是。其實，我以前想做一名幼兒園老師。」

這個回答也吸引爐火婆婆的興趣了：「喔！為什麼後來會成為氣象主播呢？」

「當年電視臺想要改變播報氣象的形式，希望可以讓主播走到戶外去。」那已經是五年前的事情了，伊麗絲那時還沒有任何工作經驗；「當時我只是一個實習生，聽到這個想法時，打從心底覺得辛苦；主播美美的坐在攝影棚播新聞就好，何必到外頭吹風淋雨晒太陽呢？」

「後來呢？」洛洛問。

「後來我發現，去過越多地方，就能感受到越多的人情，每一個地方的人都對我們很親切。冬天拍攝時，會有居民端薑湯來給我們喝；夏天很炎熱時，路過的人會借我們陽傘；甚至有時候覺得好累時，還有商家會邀請我們去休息一下呢！」

伊麗絲揚起甜甜的笑容，指著眼前的玉米濃湯說：「人情味，就像是這一碗玉米濃湯，甜甜的、濃濃的，又非常溫暖，讓我徹底的愛上這個滋味。」

伊麗絲的小叮嚀

人家總是說人心本善，真是一點也沒有錯！雖然世界上有壞人，但是好人也不少。試著想想，有人對你友善的時候，是不是心裡就會覺得很溫暖、很快樂呢？所以，我們也要當一個友善的人，看到有需要幫助的人，就熱心的協助他，把這分溫暖跟快樂傳遞給下一個人！

不偏心的射箭教練奇戎

「舉弓——」「拉滿——」「瞄準——」「射！」

在皇宮一隅，那裡有一大片綠油油且非常寬廣的草地，每天都傳來射箭教練奇戎鏗鏘有力的聲音。

「阿波羅！你拉弓的手肘偏高，告訴你多少次了！」也不管阿波羅是王子，奇戎還是當著所有學生的面嚴厲的訓斥他：「我已經叮嚀過你很多次了，你卻還是犯一樣的錯！」

阿波羅雖然貴為王子，但一點架子都沒有，也不覺得丟臉，只是為自己一再犯同樣的錯誤感到羞愧，於是他勇敢認錯：「老師，對不起，我一定會注意。」

由於奇戎鐵面無私，不攀附任何權貴，加上他無私的教導箭術技巧，因此受到大家尊敬與崇拜。

奇戎擔任皇家射箭教練已經大半輩子；他當上皇家教練時，宙斯國王還沒即位呢！舉國上下，只要想學射箭的人，他們的老師一定是奇戎，就連宙斯國王的箭術也是他教的。

宙斯國王曾經很欣慰的對他說：「老師，您就跟希臘神話中的半人馬奇戎一樣，培育出許多英雄，著名的阿基里斯、海力克士都是奇戎的學生，您也一樣為奧林帕斯王國培育出許多人才。」

「這不是我的功勞。有些人即使不夠優秀，但勤能補拙；因為他

們既堅持又努力，才能成為優秀的弓箭手。」奇戎教練謙虛的說。

宙斯覺得他講得很有道理，他也是這樣看待每一個人。不過他也好奇：「您教過那麼多學生，是否有學生讓您特別賞識的呢？」

這個問題許多人都問過奇戎，大家當然會好奇他最得意的門生究竟是誰？不過，奇戎始終會反問：「希臘神話中的奇戎教出那麼多英

雄人物，甚至連醫藥之神都是他的學生；但是，他有將喜愛的學生區分排名嗎？」

「嗯……」宙斯想了想，據他對希臘神話的瞭解，好像都沒有提到這一點。

「我不是神話人物，因此我不像半人馬奇戎那樣有智慧；曾經，我也有過偏袒。」奇戎回想起當年，因為他的偏袒，讓一位學生得意忘形；「那位學生太過沾沾自喜，變得驕傲自大，也不努力練習，最後淪為一個空有天分卻無法進步的人。」

奇戎那時難過極了；「我告訴過奧林帕斯食堂的荷絲提雅這件事情；我們是多年的老朋友了，小時候還是同學呢！」

「喔！她有為您提出什麼好建議嗎？」

奇戎搖著頭說：「她只為我煮了一碗白粥，什麼話都沒說。」

「一碗白粥？」宙斯很好奇，這碗白粥意味著什麼呢？

荷絲提雅從未告訴奇戎答案，是他自己領悟出來：「我想，她是在告訴我，每個學生都是像那碗白粥般單純，我給他們什麼，他們就吸收什麼。我可以給予鼓勵，讓他們更加勇往直前；我若給了他們偏愛，也會讓他們偏失方向。」

從那次之後，奇戎不再偏愛任何學生，只是無私的奉獻自己的所能，教導他的所有射箭技巧給所有學生；因為他希望，每個人都是棟梁，每個人也都可以是英雄。

奇戎的小叮嚀

希臘神話中的奇戎是半人馬；半人馬一族生性瘋狂，他是唯一有智慧且慈善的半人馬，甚至願意犧牲自己去拯救他的學生。我也希望自己的有教無類可以成就更多孩子；因為我領悟到，偏心不是愛，反而是傷害。

協調百人樂團的指揮家潘

某一天，奧林帕斯食堂的門口擺了一張小黑板，上面寫著：「若您是被邀請的貴賓，請進；若您只是路過的旅客，也歡迎光臨，一同慶祝奧林帕斯指揮家潘的第一百場演出成功順利！」

很少有人會把奧林帕斯食堂整個包場下來；然而，這一天很不同。就如小黑板上寫的，指揮家潘的第一百場演出在稍早之前順利圓滿落幕，這可是非常值得慶祝的大事。

潘是一位帶領百人交響樂團的大指揮家，他可以指揮浪漫抒情的旋律，也能指揮狂野奔騰的樂章；無論是高難度的樂曲，或者是面對上百人的大樂團，對他來說都輕而易舉，是一位相當有才華的指揮家。

很早之前，潘就來對爐火婆婆說：「入冬的第一天，將會是我第一百場演奏會；我想要在妳這裡舉辦一場慶功宴，可以嗎？」

「當然沒問題！」對於潘的成功，爐火婆婆真心的祝福，更大方的同意讓他包下整個奧林帕斯食堂作為慶功宴的場地；而且，她還有禮物要送給潘：「等那一天來臨，我將準備一道令人耳目一新的菜色，是專屬於這場慶功宴的菜色。」

聽爐火婆婆這麼說，潘開心極了；「妳的手藝舉國上下沒人能比得上！我真的好期待呀！」

這一天終於來臨了。當潘在國家演奏廳出演第一百場音樂會，連國王、王子以及公主都到現場聆聽！這一場演出也非常成功，完美精湛，一點兒瑕疵也沒有。

宙斯稱讚他：「潘，你能一個人指揮上百名樂手，完美的詮釋每一段旋律；如果我治理國家能像你一樣有條有理，那就好了。」

慶功宴如期在奧林帕斯食堂舉

辦，大家都好期待爐火婆婆要送給潘的「特製」餐點。終於，爐火婆婆用一臺大推車推著一桶食物出來，那一大桶的量估計足以讓上百人食用！大家很好奇，忍不住離開舒適的軟墊上前查看。結果——卻只是一大桶清湯？

「這道琥珀色的湯，怎麼一點料都沒有？」潘有禮貌的代替大家發問。

爐火婆婆怎麼會不知道大家的失望？卻仍在洛洛的協助下，一瓢一瓢的把湯舀進一個個碗裡，分送給大家喝。

入冬的第一天，天氣變得很寒冷；熱湯雖然一點兒料也沒有，但溫暖得讓大家都啜了一口。

「天啊！這是多麼豐富的滋味啊！」大家都好驚訝；明明沒有食材，湯裡卻充滿好多食材的味道。

此時，洛洛驕傲的替大家解答：「這是用紅蘿蔔、白蘿蔔、洋蔥、玉米、海帶以及香菇熬成的湯；婆婆足足熬了六個小時後，又仔細濾掉所有食材，才有那麼美麗的琥珀色湯頭呢！」

洛洛一開口就滔滔不絕：「婆婆說，潘是希臘神話中的牧神，掌管著樹林、田地和羊群，也照顧牧人、獵人與農人。他名字的原意是『一切』；所以，她要用一切美好的食材，熬煮出所有食物的精華，讓一切都包含在每一滴湯裡面。」

潘聽了洛洛的話，忍不住拿起他隨身的排笛，吹了一段美妙的音樂，做為給爐火婆婆的禮讚。放下排笛後，他對婆婆說：「我雖是演奏聽的指揮家，在廚房卻只是一名觀眾，您才是主導廚房裡一切美味元素的指揮家啊！」

潘的小叮嚀

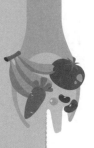

希臘神話中的潘愛好音樂，能創造出非常好聽的旋律，尤其喜歡吹排笛；他演奏排笛時，讓人陶醉、忘我，連天神們也不例外，據說有催眠的效果。你知道嗎？食物也有此神奇的效果！想想看，當你吃到很好吃的食物、尤其是吃得很飽的時候，是不是特別會昏昏欲睡呢？

催眠大師西諾普斯愛早餐

在勒特河旁有一間用各式各樣的石頭所建造的房屋，有黑色的黑曜石、白色的大理石、灰色的片岩，上頭還用許多鵝卵石排列裝飾，是一棟相當獨樹一格的房屋。許多國外來的人都很喜歡到這間房屋前面拍照留影；不過，只要走近前門的花園，大家都會嚇一跳的說：

「天啊！這裡竟然種了毒品？」

阿古士警長一年之中總會接獲十幾次的國外旅客報案，投訴這一戶人家種了毒品。

每一次，他都很有耐心的告訴這些旅客：「那些罌粟花雖然可以用來提煉毒品——也就是鴉片；不過，在奧林帕斯王國，沒有人會將這麼美麗的花製作成那種可怕的東西，大家只會靜靜欣賞這些花朵的美麗。」

誰會在家門前種植罌粟花？許多外地人都很好奇；答案是——催眠大師西諾普斯。

在希臘神話中，西諾普斯是睡眠之神；據說他的催眠術非常厲害，連眾神之王宙斯都無法抵抗。英文中的催眠，就是來自於「西諾普斯」這個名字。

在奧吉吉亞島上的西諾普斯也是一位催眠大師；不過，他不是像魔術師那樣的催眠，而是運用他的能力，讓失眠的人能好好的睡上一覺。

「充足的睡眠，是健康的起點。」西諾普斯在他的石屋外面用鵝卵石排列出這一行字，這是他的至理名言。

「西諾普斯叔叔，我非常認同您門口的那句話。」洛洛說。

有一天早上，西諾普斯來到奧林帕斯食堂用餐，洛洛跑來跟他聊天。西諾普斯聽了，就問他：「為什麼呢？」

「因為睡覺很舒服；如果可以的話，我真想一整天都躺在床上不起來。」洛洛邊說邊看向爐火婆婆：「可是，婆婆總是固定在早上六點就叫我起床，我已經好久不曾賴床了。」

洛洛拉拉西諾普斯的袖子說：「叔叔，您去跟婆婆說，說服她讓我每天多睡一個鐘頭好不好？」

西諾普斯不由得笑著說：「洛洛，我想你誤會我的座右銘了。」

見洛洛一臉疑惑，他不慌不忙的解答：「現代有很多人因為壓力很大，所以常有失眠的困擾。像是宙斯國王，前一陣子就因為公務太忙，好不容易躺上床了，卻一點兒也睡不著，身體卻又疲累得不得了。這樣的情況下，他會無法獲得休息，身體就會很虛弱，經常精神不濟，無法好好做出正確的決策。所以我才會說，充足的睡眠是健康的起點。

「但是，如果不需要那麼多睡眠，卻又睡很久，那就是貪睡，美好的時光就浪費在睡覺中了。」

此時，爐火婆婆送來熱騰騰又香噴噴的蛋餅。餅皮軟嫩中帶一點彈

性，再打上一顆蛋，加點蔥花或是玉米粒、起司片，是西諾普斯每天早上固定的早餐。

「會浪費嗎？那麼早起要做些什麼事情呢？」洛洛又問。

西諾普斯摸摸洛洛的頭髮，指指桌上的蛋餅：「爐火婆婆只有在早上八點到九點之間才會賣蛋餅；如果我睡晚了，便會失去這麼美好的早餐，我就會非常難過。」

爐火婆婆在一旁聽了，不禁呵呵的笑著說：「是啊！蛋餅可是奧林帕斯食堂早晨特製餐點，晚起的鳥兒可沒得吃呢！」

西諾普斯的小叮嚀

「早起的鳥兒有蟲吃」，相信這句話大家都耳熟能詳，算是一句至理名言呢！試著拿出一張白紙以及一枝筆，寫下早晨可以做的事情，像是趁太陽還沒出來前的晨跑、呼吸夾雜著露水的新鮮空氣，或是吃一頓美味的早餐！你會發現，原來早晨是如此美好。別再賴床了，大家一同早起吧！

爐火婆婆生病了！

「今天天氣有些冷，去奧林帕斯食堂吃一碗麻油麵線吧！」宙斯國王終於結束一天的忙碌，脫下平常穿的正式服裝，換上漁夫裝，準備前往爐火婆婆那兒大快朵頤。

郵差先生荷米斯也在投遞完所有郵件之後，搓搓凍僵的雙手，準備去奧林帕斯食堂喝一碗味噌湯。

戴歐尼修斯又想要喝酒了；為了堅定自己的信心，他決定要去吃一碗梅子茶泡飯。阿古士警長則是懷念起石鍋拌飯；還有海力克士，一下船就迫不及待的想去吃三杯猴頭菇湯暖暖身子……

可是，當大家抵達那裡，卻看見連節慶時都燈火通明、隨時歡迎大家光臨享用美味餐點的奧林帕斯食堂，竟然關起了門，也沒有亮燈，一片黑暗。

「國……老先生，您怎麼不進去呢？」荷米斯來的時候，宙斯國王早就站在店門口，從外往裡面探，但他什麼都看不見。荷米斯才剛問完問題，就發現不對勁：「咦？怎麼會關門呢？」

這時，戴歐尼修斯跟阿古士以及其他人都來了，大家都覺得奇怪：「爐火婆婆怎麼了？出去玩了嗎？」大家不解，而且也有些緊張；「難不成是身體不舒服？」

於是，他們到食堂下方找到爐火婆婆的弟弟赫菲斯托斯。赫菲斯托斯看見那麼多人同時來到他的家門前，一時之間還以為發生什麼大事了。

阿古士警長代替大家詢問：「赫菲斯托斯，請問荷絲提雅怎麼了？今天怎麼沒有營業呢？」

「最近天氣變化大，我姊姊她不小心感冒了。」看大家一臉擔憂，他趕緊說明：「放心，沒有很嚴重，只是擔心把感冒傳染給大家。畢竟，廚師如果一邊做料理、一邊咳嗽，那可就不好了。」

爐火婆婆生病的消息，很快就在奧林帕斯王國傳開來，大家紛紛帶著自己的愛心料理前往探病。

首先是宙斯國王，他親自下廚煮了一碗麻油麵線帶過去：「荷絲提雅啊，生病的人要補充營養，試試看這碗麻油麵線。」

爐火婆婆懷著感激的心情吃了一口後，疑惑的問：「請問您是不是加了鹽巴？」

宙斯國王說：「沒錯，做任何料理不是都要放鹽巴嗎？」

爐火婆婆皺著眉說：「麵線裡已經有鹽分了，再加鹽巴會太鹹呢！」

接著，戴歐尼修斯帶來梅子茶泡飯，但他是用白開水而不是用茶，因此茶泡飯沒什麼味道；阿古士的石鍋拌飯也失敗了，他把飯煮糊了；海力克士則是不會處理野生的猴頭菇，又忘了加九層塔，味道嘗起來也不鮮美。

一道道失敗的料理雖然都不好吃，爐火婆婆卻一直開心的笑著。

洛洛覺得很奇怪：「婆婆，吃到不好吃的料理，應該覺得失望，您怎麼看起來那麼高興呢？」

「傻孩子，我嘗的不是味道的好壞，而是他們製作料理的那分心意；這分心意很可貴，比世界上任何一道五星級料理都還要珍貴。」

爐火婆婆邊說邊從床上坐了起來，伸展一下筋骨，有朝氣的說：「不過，我得趕快好起來才行！沒有我煮飯給他們吃，他們該怎麼辦呢？」

第二天，奧林帕斯食堂的煙囪又飄著白煙，香氣從門縫傳出來，流溢到整座奧吉吉亞島。

荷絲提雅的小叮嚀

料理，著重的不只是調味方式或是烹調技巧；這些只要透過學習以及經驗的累積，就能越來越進步。對我而言，料理最珍貴的是料理者心中的那分情感，那分想透過料理帶給享用者溫暖與關愛的心情。小朋友，當你品嘗著每一餐，是不是應該跟料理給我們吃的人說聲謝謝呢？

國家圖書館出版品預行編目資料

爐火婆婆的美味食堂／涂心怡／作；蕭又菁／繪—
初版.—臺北市：慈濟傳播人文志業基金會，
2015.12〔民104〕　面；15X21公分
ISBN 978-986-5726-29-4 （平裝）

859.6　　　　　　　104026731

故事HOME 37

爐火婆婆的美味食堂

創辦者	釋證嚴
發行者	王端正
作　者	涂心怡
插畫作者	蕭又菁
出版者	慈濟傳播人文志業基金會
	11259臺北市北投區立德路2號
客服專線	02-28989898
傳真專線	02-28989993
郵政劃撥	19924552　經典雜誌
責任編輯	賴志銘、高琦懿
美術設計	尚璟設計整合行銷有限公司
印製者	禹利電子分色有限公司
經銷商	聯合發行股份有限公司
	新北市新店區寶橋路235巷6弄6號2樓
電　話	02-29178022
傳　真	02-29156275
出版日	2016年1月初版1刷
建議售價	200元

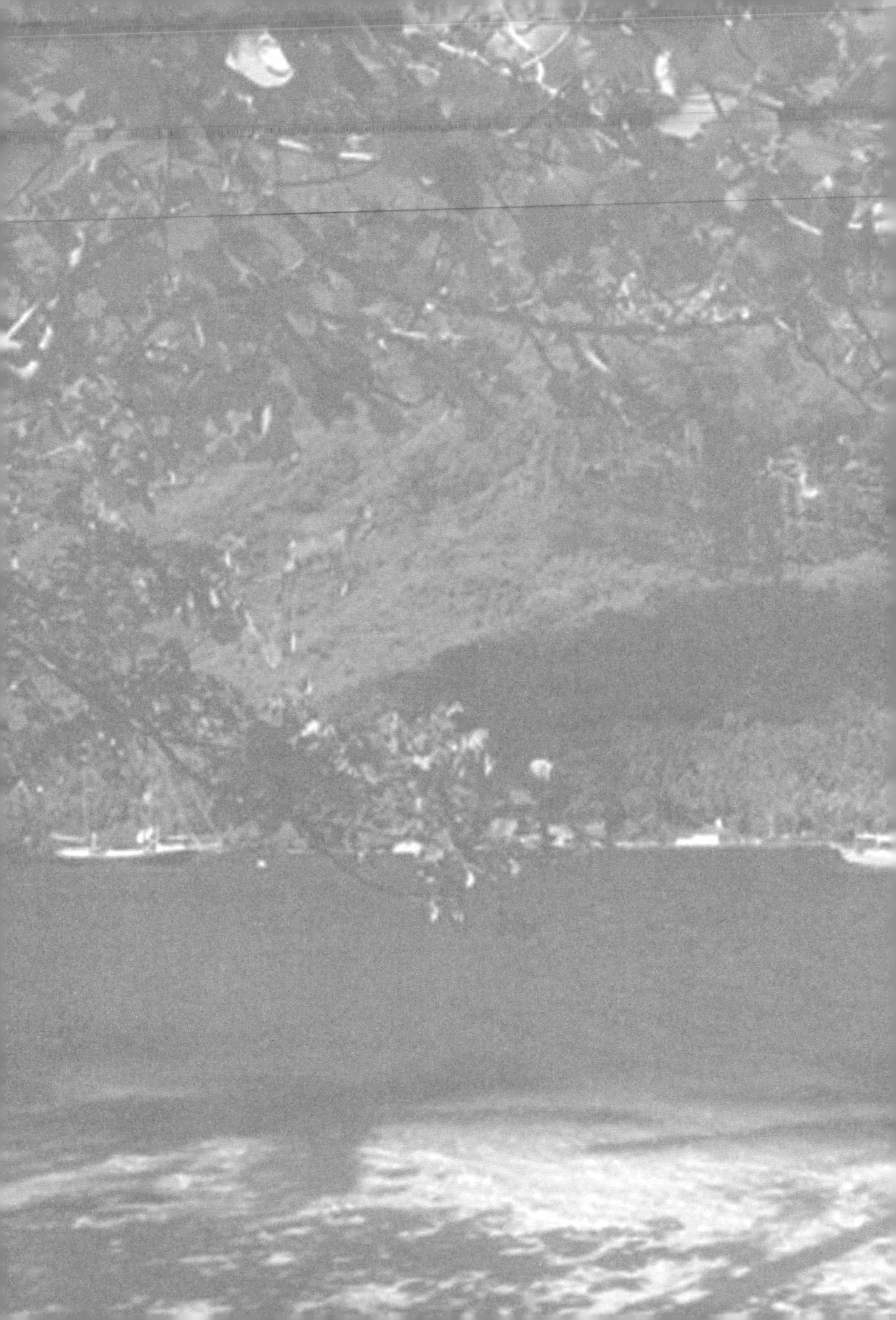